가향출히

한국문화자원 47가지속

자연풍경 읽기

지은이 이혜조
펴낸이 송영석
편집이 인용배
펴낸곳 (주)넥서스

초판 1쇄 인쇄 2013년 6월 15일
초판 1쇄 발행 2013년 6월 20일

출판신고 1992년 4월 3일 제311-2002-2호
121-840 서울시 마포구 서교동 394-2
Tel (02)330-5500 Fax (02)330-5555

ISBN 978-89-6790-080-9 04810

출판사의 허락없이 내용의 일부를
인용하거나 발췌하는 것을 금합니다.

가격은 뒤표지에 있습니다.
잘못 만들어진 책은 구입처에서 바꾸어 드립니다.

www.nexusbook.com
지식의 흐름 (주)넥서스의 인문교양 브랜드입니다.

지식마을

송영길 편집·해설

가부장제

이해조

한국문학선집 47
민음사

* 알리드리기

1. 시설 분리기오 자기의 개성이 드러나는 문장이나 낱말, 속에, 고어 등을 원문 표기를 따랐다.

2. 원문 원자는 원글로 바꾸고 자행의 이해에 이해할 필요한 경우에는 원자를 병기하였다.

3. 독자들의 이해를 돕기 위해 필요한 경우 쪽에 풀이를 달았다.

차 례

자유종 ...007
구마검 ...051

자유종

 천지간 만물 중에 동물 되기가 희한하고, 천만 가지 동물 중에 사람 되기가 극난하다. 그같이 희한하고 그같이 극난한 동물 중 사람이 되어 압제를 받아 자유를 잃게 되면 하늘이 주신 사람의 직분을 지키지 못함이어늘, 하물며 사람 사이에 여자가 되어 남자의 압제를 받아 자유를 빼앗기면 어찌 희한코, 극난한 동물 중 사람의 권리를 스스로 버림이 아니라 하리요.

 여보, 여러분. 나는 옛날 태평 시대에 숙부인까지 바쳤더니 지금은 가련한 민족 중의 한 몸이 된 신설헌이올시다. 오늘 이매경 씨 생신에 청첩을 인하여 왔더니 마침 홍국란 씨와 강금운 씨와 그 외 여러 귀중하신 부인들이 만좌하셨으니 두어 말씀 하오리다.

이전 같으면 오늘 이러한 잔치에 취하고 배부르면 무슨 걱정이 있으리까마는, 지금 시대가 어떠한 시대며 우리 민족은 어떠한 민족이오? 내 말이 연설 체격과 흡사하나 우리 규중 여자도 결코 모를 일이 아니올시다.

일본도 삼십 년 전 형편이 우리나라보다 우심(尤甚)하여 혹 천하대세(天下大勢)라, 혹 자국전도(自國前導)라 말하는 자는 미친 자라 괴악한 사람이라 지목하고 인류로 치지 않더니, 점점 연설이 크게 열리매 전도하는 교인같이 거리거리 떠드나니 국가 형편이요, 부르나니 민족 사세라, 이삼 인 모꼬지라도 술잔을 대하기 전에 소회(所懷)를 말하고 마시니, 전국 남녀가 십여 년을 한담도 끊고 잡담도 끊고 언필칭 국가라 민족이라 하더니, 지금 동양에 제일 제이 되는 일대 강국이 되었습니다.

오늘 우리나라는 어떠한 지경이오? 세월은 물같이 흘러가고 풍조는 날로 닥치는데, 우리 비록 아홉 폭 치마는 둘렀으나 오늘만도 더 못한 지경을 또 당하면 상전벽해(桑田碧海)가 눈결에 될지라. 하늘을 부르면 대답이 있나, 부모를 부르면 능력이 있나, 가장을 부르면 무슨 방책이 있나, 고대광실 뉘가 들며 금의옥식(錦衣玉食) 내 것인가? 이 지경이 이마에 당도했소. 우리 삼사 인이 모였든지 오륙 인이 모였든지 어찌 심상한 말로 좋은 음식을 먹으리까? 승평무사(昇枰無事)할 때에도 유의유식(遊衣遊食)은 금법이어든 이 시대에 두 눈과 두 귀가 남과 같이 총명한 사람이 어찌 국가 의식만 축내리까? 우리 재미있게 학리상으로 토론하여 이날을 보냅시다.

이때 매경이 말했다.

"절당, 절당하오이다. 오늘이 어떠한 시대요? 이 같은 수참(愁慘)하고 통곡할 시대에 나 같은 요마한 여자의 생일잔치가 왜 있겠소마는 변변치 못한 술잔으로 여러분을 청하기는 심히 부끄럽고 죄송하나 본의인즉 첫째는 여러분을 만나 뵈옵기를 위하고, 둘째는 좋은 말씀을 듣고자 함이올시다.

남자들은 자주 상종하여 지식을 교환하지마는 우리 여자는 한 번 만나기 졸연하오니이까? 《예기(禮記)》에 가로되, 여자는 안에 있어 밖의 일을 말하지 말라 하였고, 《시전(詩傳)》에 가로되, 오직 술과 밥을 마땅히 할 뿐이라 하였기로 층암절벽 같은 네 기둥 안에서 나고 자라고 늙었으니, 비록 사마자장의 재주가 있을지라도 보고 듣는 것이 있어야 아는 것이 있지요.

이러므로 신체 연약하고 지각이 몽매하여 쌀이 무슨 나무에 열리는지, 도미를 어느 산에서 잡는지 모르고, 다만 가장의 비위만 맞춰 앉으라면 앉고 서라면 서니, 진소위 밥 먹는 안석이요, 옷 입은 퇴침이라, 어찌 인류라 칭하리까? 그러나 그는 오히려 현철한 부인이라, 행검 있는 부인이라 하겠지마는, 성품이 괴악하고 행실이 불미하여 시앗에 투기하기, 친척에 이간하기, 무당 불러 굿하기, 절에 가서 불공하기, 제반 악징은 소위 대갓집 부인이 더합디다. 가도가 무너지고 수욕이 자심하니 이것이 제 한 집안일인 듯하나 그 영향이 실로 전국에 미치니 어찌 한심치 않으리까?

그런 부인이 생산도 잘 못 하고 혹 생산하더라도 어찌 쓸 자식을 낳으리오? 태내 교육부터 가정 교육까지 없으니 제가 생지(生知)의 바탕이 아닌 바에 맹모가 삼천하시던 교육 없이 무슨 사람이 되리오? 그러나 재상도 그 자제요, 관찰·군수도 그 자제니 국가의 정치가 무엇인지, 법률이 무엇인지 어찌 알겠소? 우리가 비록 여자나 무식을 면치 못함을 항상 한탄하더니, 다행히 오늘 고명하신 부인께서 왕림하여 좋은 말씀을 들려주시니 대단히 기꺼운 일이올시다."

설헌이 말했다.

"변변치 못한 구변이나 내 먼저 말씀하오리다. 우리 대한의 정계가 부패함도 학문 없는 연고요, 민족의 부패함도 학문 없는 연고요, 우리 여자도 학문 없는 연고로 기천 년 금수 대우를 받았으니 우리나라에도 제일 급한 것이 학문이요, 우리 여자 사회도 제일 급한 것이 학문인즉 학문 말씀을 먼저 하겠소. 우리 이

천만 민족 중에 일천만 남자들은 응당 고명한 학교를 졸업하여 정치·법률·군제·농·상·공 등 만 가지 사업이 족하겠지마는, 우리 일천만 여자들은 학문이 무엇인지 도무지 모르고 유의유식으로 남자만 의뢰하여 먹고 입으려 하니 국세가 어찌 빈약지 아니하겠소? 옛말에, 백지장도 맞들어야 가볍다 하였으니 우리 일천만 여자도 일천만 남자의 사업을 백지장과 같이 거들면 백 년에 할 일을 오십 년에 할 것이요, 십 년에 할 일을 다섯 해면 할 것이니 그 이익이 어떠하고, 나라의 독립도 거기 있고 인민의 자유도 거기 있소.

세계 문명국 사람들은 남녀의 학문과 기예가 차등이 없고, 여자가 남자보다 해산하는 재주 한 가지가 더하다 하며, 혹 전쟁이 있어 남자가 다 죽어도 겨우 반구비(半具備)라 하니, 그 여자의 창법 검술까지 통투(通透)함을 가히 알겠도다.

사람마다 대성인 공자가 아니거든 어찌 생이지지(生而之知)하리요. 법국(프랑스) 파리대학교에서 토론회를 열매, 가편은 사람을 가르치지 못하면 금수와 같다 하고, 부편은 사람이 천생한 성질이니 비록 가르치지 아니할지라도 어찌 금수와 같으리요 하여 경쟁이 대단하되 귀결치 못하였더니, 학도들이 실지를 시험코자 하여 무부모한 아이들을 사다가 심산궁곡에 집 둘을 짓되, 네 벽을 다 막고 문 하나만 뚫어 음식과 대소변을 통하게 하고 그 아이를 각각 그 속에서 기를 새, 칠팔 년이 된 후 그 아이를 학교로 데려오니 제가 평생에 사람이 많은 것을 보지 못하다가 육칠 층 양옥에 인산인해가 됨을 보고 크게 놀라 서로 돌아보며 하나는 꼭고댁꼭고댁 하고 하나는 끼익끼익 하니, 이는 다름 아니라 제 집에 아무것도 없고, 다만 닭과 돼지만 있는데, 닭이 놀라면 꼭고댁 하고 돼지가 놀라면 끼익끼익 하는 고로 그 아이가 지금 놀라운 일을 보고, 그 소리가 각각 본 대로 난 것이니 그것도 닭과 돼지의 교육을 받음이라.

학생들이 이것을 본 후에 사람을 가르치지 아니하면 금수와 다름없음을 깨달아 가편이 득승하였다 하니, 이로 보건대 우리 여자가 그와 다름이 무엇이오? 일용 범절에 여간 안다는 것이 저 아이의 꼭고댁, 끼익보다 얼마나 낫소이까? 우리 여자가 기천 년을 암매하고 비참한 경우에 빠져 있었으니 이렇고야 자유권이니 자강력이니 세상에 있는 줄이나 알겠소? 일생에 생사고락이 다 남자 압제의 아래 있어, 말하는 제웅과 숨쉬는 송장을 면치 못하니 옛 성인의 법제가 어찌 이러하겠소.《예기》에도, 여인 스승이 있고 유모를 택한다 하였고, 《소학(小學)》에도 여자 교육이 첫 편이니 어찌 우리나라 여자와 같은 자고송(自枯松)이 있단 말이오?

우리나라 남자들이 아무리 정치가 밝다 하나 여자에게는 대단히 적악하였고, 법률이 밝다 하나 여자에게는 대단히 득죄하였습니다. 우리는 기왕이라 말할 것이 없거니와 후생이나 불가불 교육을 잘 하여야 할 터인데 권리 있는 남자들은 꿈도 깨지 못하니 답답하오. 남자들 마음에는 아들만 귀하고 딸은 귀치 아니한지 일분자라도 귀한 생각이 있으면 사지오관이 구비한 자식을 어찌 차마 금수와 같이 길러 이 같은 고해에 빠지게 하는고? 그 아들을 가르치는 법도 별수는 없습니다. 《사략통감(史略通鑑)》으로 제일등 교과서를 삼으니 자국 정신은 간 데 없고 중국혼만 길러서 언필칭 좌전(左傳)이라 강목(綱目)이라 하여 남의 나라 기천 년 흥망성쇠만 의논하고 내 나라 빈부 강약은 꿈도 아니 꾸다가 오늘 이 지경에 이르렀소.

이태리국 역비다산에 올차학이라는 구멍이 있어 해수로 통하였더니 홀연 산이 무너져 구멍 어구가 막힌지라, 그 속이 칠야같이 캄캄한데 본래 있던 고기들이 나오지 못하고 수백 년을 생장하여 눈이 있으나 쓸 곳이 없더니, 어구의 막혔던 흙이 해마다 바닷물에 패어 가며 일조에 궁기가 도로 열리매, 밖의 고기가 들어와 수없이 잡아먹되, 그 안에 있던 고기는 눈을 멀뚱멀뚱 뜨고도 저해하려는 것을 전연 모르고 절로 밀려 어구 밖을 혹 나왔으나 못 보던 눈이 졸지에 태양을 당하매 현기가 나며 정신이 없어 어릿어릿하더라 하니, 그와 같이 대문·중문을 꽉 꽉 닫고 밖에 눈이 오는지 비가 오는지 도무지 알지 못하고 살던 우리나라 교육은 올차학 교육이라 할 만하니 그 교육받은 남자들이 무슨 정신으로 우리 정치를 생각하겠소? 우리 여자의 말이 쓸데없을 듯하나 자국의 정신으로 하는 말이니, 오히려 만국 공사의 헛 담판보다 낫습니다. 여러분 부인들은 대한 여자 교육계의 별방침을 연구하시오."

금운이 이어 말했다.

"여보, 설헌 씨는 학문 설명을 자세히 하셨으나 그 성질과 형편이 그래도 미진한 곳이 있습니다. 우리나라 지식을 보통케 하려면 소위 무슨 변에 무슨 자, 무슨 아래 무슨 자라는, 옛날 상전으로 알던 중국 글을 폐지할 필요가 있겠소. 대저 글이라 하는 것은 말과 소와 같아서 그 나라의 범백 정신을 실어 두나니, 우리나라 소위 한문은 곧 지나의 말과 소라. 다만 지나의 정신만 실었으니 우리나라 사람이야 평생을 끌고 당긴들 무슨 이익이 있겠소? 그런 중에 그 말과 소가 대단히 사나워 좀체 사람은 끌지 못하오.

그 글은 졸업 기한이 없고 일평생을 읽을지라도 이태백 한 퇴지가 못 되며, 혹 상등으로 총명한 자가 물을 쥐어 먹고 십 년, 이십 년을 읽어서 실재라 거벽이라 하여 눈앞에 영웅이 없고, 세상이 돈짝만 하여 내가 내노라고 돌이질을 치더라도 그 사람더러 정치를 물으면 모른다, 법률을 물으면 모른다, 철학·화학·이화학을 물으면 모르노라, 농학·상학·공학을 물으면 모르노라. 그러면 우리 대종교 공자 도학의 성질은 어떠하냐 묻게 되면, 그 신성하신 진리는 모르고 다만 아노라 하는 것은, 공자님은 꿇어앉으셨지, 공자님은 광수의를 입으셨지 하여 가장 도통을 이은 듯이 여기니, 다만 광수의만 입고 꿇어만 앉았으면 사람마다 천만 년 종교 부자가 되오리까?

공자님은 춤도 추시고, 노래도 하시고, 풍류도 하시고, 선배도 되시고, 문장도 되시고, 장수가 되셔도 가하고, 천자도 가히 되실 신성하신 우리 공자님을, 어찌하여 속은 컴컴하고 외양만 번주그레한 위인들이 광수의만 입고 꿇어만 앉아 공자님 도학이 이뿐이라 하여 고담준론을 하면서 이렇게 하여야 집을 보존하고 인군을 섬긴다 하여 자기 자손뿐 아니라 남의 자제까지 연골에 버려 골생원님이 되게 하니, 그런 자는 종교에 난적이요, 교육에 공적이라 공자님께서 대단히 욕보셨소. 설사 공자님이 생존하셨을지라도 오히려 북을 울려 그자들을 벌하셨으리라.

그만도 못한, 승부꾼이라 일차꾼이라 하는 자는 천시도 모르고, 지리도 모르고, 다만 의취 없는 강남 풍월한 다년이라. 뜻도 모르는 것은 원코 형코라 하여 국가에 수용하는 인재 노릇을 하였으니 그렇고야 어찌 나라가 이 지경이 아니 되겠소?

대체 글을 무엇에 쓰자고 읽소? 사리를 통하려고 읽는 것인데 내 나라의 지지와 역사를 모르고서 제갈량전과 비사맥전을 천만 번이나 읽은들 현금 비참한 지경을 면하겠소? 일본 학교 교과서를 보시오. 소학교 교과하는 것은 당초에 대한이라 청국이라는 말도 없이 다만 자국 인물이 어떠하고 자국 지리가 어떠하다 하여 자국 정신이 굳은 후에 비로소 만국 역사와 만국 지지를 가르치니, 그런고로 물론 남녀하고 자국의 보통 지식이 없는 자가 없어 오늘날 저러한 큰 세력을 얻어 나라의 영광을 내었소.

우리나라 남자들은 거룩하고 고명한 학문이 있는 듯하나 우리 여자 사회에야 그 썩고 냄새나는 천지현황 글자나 아는 사람이 몇이나 되오? 남자들도 응당 귀도 있고 눈도 있으리니, 타국 남자와 같이 학문에 힘쓰려니와 우리 여자도 타국 여자와 같이 지식이 있어야 우리 대한 삼천리 강토도 보전하고, 우리 여자 누백 년 금수도 면하리니, 지식을 넓히려면 하필 어렵고 어려운 십 년, 이십 년을 배워도 천치를 면치 못할 학문이 쓸데 있소? 불가불 자국 교과를 힘써야 되겠다 합니다."

국란이 반박하며 말했다.

"아니오, 우리나라가 가뜩 무식한데 그나마 한문도 없어지면 수모 세계를 만들려오? 수모란 것은 눈이 없이 새우를 따라다니면서 새우 눈을 제 눈같이 아나니 수모 세계가 되면 새우는 어디 있나? 아니 될 말이오. 졸지에 한문을 없이하고 국문만 힘쓰면 무슨 별지식이 나리까? 나도 한문을 좋다 하는 것은 아니나 형편으로 말하면 요순 이래 치국평천하 하는 법과 수신제가 하는 천사만사가 모두 한문에 있으니 졸지에 한문을 없애고 국문만 쓰면, 비유컨대 유리창을 떼어 버리고 흙벽을 치는 셈이오. 국문은 우리나라 세종대왕께서 만드실 때 적공이 대단하셨소. 사신을 여러 번 중국에 보내어 그 성음 이치를 알아다가 자모음을 만드시니, 반절이 그것이오.

우리 세종대왕의 근로하신 성덕은 다 말씀할 수 없거니와 반절 몇 줄에 나라 돈도 많이 들었소. 그렇건마는 백성들은 죽도록 한문자만 숭상하고 국문은 버려 두어서 암글이라 지목하여 부인이나 천인이 배우되 반절만 깨치면 다시 읽을 것이 없으니 보는 것은 다만 춘향전, 심청전, 홍길동전 등물뿐이라, 춘향전을 보면 정치를 알겠소? 심청전을 보고 법률을 알겠소? 홍길동전을 보아 도덕을 알겠소? 말할진대 춘향전은 음탕 교과서요, 심청전은 처량 교과서요, 홍길동전은 허황 교과서라 할 것이니, 국민을 음탕 교과로 가르치면 어찌 풍속이 아름다우며, 처량 교과로 가르치면 장진지망(長進之望)이 있으며, 허황한 교과서로 가르치면 어찌 정대한 기상이 있으리까? 우리나라의 난봉 남자와 음탕한 여자의 제반 악징이 다 이에서 나니 그 영향이 어떠하오?

혹 발명하려면 춘향전을 누가 가르쳤나, 심청전을 누가 배우라나, 홍길동전을 누가 읽으라나, 비록 읽으라 할지라도 다 제게 달렸지 할 터이나, 이것이 가르친 것보다 더하지, 휘문의숙 같은 수층 양옥과 보성학교 같은 너른 교장에 칠판, 괘종, 책상, 걸상을 벌여 놓고 고명한 교사를 월급 주어 가르치는 것보다 더 심하오. 그것은 구역과 시간이나 있거니와 이것은 구역도 없고 시간도 없이 전국 남녀들이 자유권으로 틈틈이 보고 곳곳이 읽으니 그 좋은 몇 백만 청년을 음탕하고 처량하고 허황한 구멍에 쓸어 묻는단 말이오.

그나 그뿐이오? 혹 기도하면 아이를 낳는다, 혹 산신이 강림하여 복을 준다, 혹 면례를 잘하여 부귀를 얻는다, 혹 불공을 하여 재액을 막았다, 혹 돌구멍에서 용마가 났다, 혹 신선이 학을 타고 논다, 혹 최 판관이 붓을 들고 앉았다 하는 제반 악징의 괴괴망측한 말을 다 국문으로 기록하여 출판한 판책도 많고 등출한 세책도 많아 경향 각처에 불똥 뛰어 박히듯 없는 집이 없으니 그것도 오거서라 평생을 보아도 못다 보오.

그 책을 나도 여간 보았거니와 좋은 종이에 주옥같은 글씨로 세세 성문하여 혹 이삼 권 혹 수십여 권 되는 것이 많고 백 권 내

외 되는 것도 있으니, 그 자본은 적으며 그 세월은 얼마나 허비하였겠소? 백해무익한 그 책을 값을 주고 사며 세를 주고 얻어 보니 그 돈은 헛돈이 아니오? 국문 폐단은 그러하지마는 지금 금운 씨의 말과 같이 한문을 전폐하고 국문만 쓸진대 춘향전, 심청전, 홍길동전이 되겠소? 괴악 망측한 소설이 제자백가가 되겠소? 그는 다 나의 분격한 말이라, 나도 항상 말하기를 자국 정신을 보존하려면 국문을 써야 되겠다 하지마는 그 방법은 졸지에 계획할 수 없습니다.

가령 남의 큰 집에 들었다가 그 집이 본래 남의 집이라 믿음성이 없다 하고 떠나려면, 한편으로 차차 재목을 준비하고 목수 석수를 불러 시역할새, 먼저 배산임수 좋은 곳에 터를 닦아 모월 모일 모시에 입주하고, 일대 문장에게 상량문을 받아 아랑위 아랑위 하는 소리에 수십 척 들보를 높이 얹고, 정당 몇 간, 침실 몇 간, 행랑 몇 간을 예산대로 세워 놓으니, 차방 다락이 조밀하고 도배장판이 정쇄한데, 우리나라 효자 열녀의 좋은 말씀을 문장 명필의 고명한 솜씨로 기록하여 부벽주련(付壁柱聯)으로 여기저기 붙이고 나도 내 집을 사랑한다는 대자현판을 정당에 높이 단 연후에 그제야 세간 집물을 옮겨다가 쌓을 데 쌓고 놓을 데 놓아 질자배기, 부지깽이 한 개라도 서실이 없어야 이사한 해가 없나니, 만일 옛집을 남의 집이라 하여 졸지에 몸만 나오든지 세간 집물을 한데 내어놓든지 하고 그 집을 비워 주인을 맡기면 어디로 가자는 말이오?

우리나라 국문은 미상불 좋은 글이나 닦달 아니한 재목과 같으니, 만일 한문을 버리고 국문만 쓰려면 한문에 있는 천만사와 천만 법을 국문으로 번역하여 유루한 것이 없은 연후에 서서히 한문을 폐하여 지나 사람에게 되돌려 주든지 우리가 휴지로 쓰든지 하고, 그제야 국문을 가위 글이라 할 것이니, 이 일을 예산한즉 오십 년가량이라야 성공하겠소.

만일 졸지에 한문을 없이하려면 남의 집이라고 몸만 나오는 것과 무엇이 다르오? 남의 집은 주인이 있어 혹 내어놓으라고 독촉도 하려니와 한문이야 누가 내어놓으라 하는 말이 있소? 서서히 형편을 보아 폐지함이 가할 것이오. 국문만 쓸지라도 옛날 보던 춘향전이니 홍길동전이니 심청전이니 그 외에 여러 가지 음담패설을 다 엄금하여야 국문에 영향이 정대하고 광명하지, 그렇지 못하면 수천 년 숭상하던 한문만 잃어버리리니 정대한 국문만 쓸진대 누가 편리치 않다 하오리까?

가령 한문의 부자군신이 국문의 부자군신과 경중이 있소? 국문의 백 냥, 천 냥이 한문의 백 냥, 천 냥과 다소가 있소? 국문으로 패독산 방문을 내어도 발산되기는 일반이요, 국문으로 삼해주 방법을 빙거하여도 취하기는 한 모양이오. 국문으로 욕설하면 탄하지 않겠소? 한문으로 칭찬하면 더 좋아하겠소? 국문의 호랑이도 무섭고, 국문의 원앙새도 어여쁘리라.

국문과 한문이 다름없으나 어찌 우리 여자 권리로 연혁을 확정하리요. 문부 관리들 참 딱한 것이, 국문은 쓰든지 아니 쓰든지 그 잡담 소설이나 금하였으면 좋겠소. 그것 발매하는 자들이 투전 장사나 다름없나니 투전은 재물이나 상하려니와 음담소설은 정신조차 버리오. 문부 관리들은 그 아니 답답하오? 청년 남녀의 정신 잃는 것을 어찌 차마 앉아 보기만 하오?

학무국은 무슨 일들을 하며, 편집국은 무슨 일들을 하는지 저러한 관리를 믿다가는 배꼽에 노송나무가 나겠소. 우리 여자 사회가 단체로 문부 관리에게 질문 한 번 하여 보옵시다.

여보, 사회단체가 그리 용이하오? 우리나라의 백 년 이하 각항 단체를 내 대강 말하오리다. 관인 사회는 말할 것이 없거니와 종교 사회로 말할지라도 물론 어느 나라하고 종교 없이 어찌 사오? 야만 부락의 코끼리에게 절하는 것과, 태양에게 비는 것과, 불과 물을 위하는 것을 웃기는 웃거니와 그 진리를 연구하면 용혹무괴요. 만일 다수한 국민이 겁내는 것도 없고 의귀할 곳도 없고 존칭할 것도 없으면 어찌 국민의 질서가 있겠소? 약육강식하는 금수 세계만도 못하리다.

그런고로 태서(泰西) 정치가에서 남의 나라의 강약허실을 살피려면 먼저 그 나라 종교 성질을 본다 하니 그 말이 유리하오. 만일 종교에 의귀할 바가 없으면 비록 인물이 번성하고 토지가 강대한 나라로 군부에 대포가 가득하고 탁지에 금전이 가득하고 공부에 기재가 가득할지라도 수백 년 전 남미 인종과 다름없으리다.

동서양 종교 수효와 범위를 말씀하건대 회회교, 희랍교, 토숙탄교, 천주교, 기독교, 석가교와 그 외에 여러 교가 각각 범위를 넓혀 세계에 세력을 확장하되 저 교는 그르다, 이 교는 옳다 하여 경쟁하는 세력이 대포 장창보다 맹렬하니, 그중에 망하는 나라도 많고 흥하는 사람도 많소.

우리 동양에서 제일가는 종교는 세계의 독일무이하신 대성지성하신 공자 아니시오? 그 말씀에 정대한 부자, 군신, 부부, 형제, 붕우에 일용 상행하는 일을 의론하사 사람으로 하여금 사람이 되는 도리를 가르치시니, 그 성덕이 거룩하시고 융성하시며 향념하시는 마음이 일광과 같으사 귀천남녀 없이 다 비추이건마는 우리나라는 범위를 좁혀서 남자만 종교를 알지 여자는 모를 게라, 귀인만 종교를 알지 천인은 모를 게라 하여 대성전에 제관 싸움이나 하고 시골 향교에 재임이나 팔아먹고 소민들은 향교 출렴이나 물으니 공자님의 도하는 것이 무엇이오?

도포나 입고 쌍상투나 틀고 혁대와 중영이나 달고 꿇어앉아서 마음이 어떠한 것이라, 성품이 어떠한 것이라 하며 진리는 모르고 주워들은 풍월같이 지껄이면서 이만하면 수신제가도 자족하지, 치국평천하도 자족하지, 세상도 한심하지, 나 같은 도학군자를 아니 쓰기로 이렇다 하여 백 가지로 개탄하다가 혹 세도 재상에게 소개하여 제주 찬선으로 초선이나 되면 공자님이 당시의 자기로만 알고 도태를 뽑아내며 괴팍한 위인에 야매한 언론으로 천하대세도 모르고 척양합시다, 척외합시다, 상소나 요명차로 눈치 보아 가며 한두 번 하여 시골 선배의 칭찬이나 듣는 것이 대욕소관(大慾所關)이지.

옛적 정자산의 외교 수단을 공자님도 칭찬하셨으니 공자님은 척화를 모르시오. 척화도 형편대로 하는 것이지 붓끝으로만 척화 척화 하면 척화가 되오? 또 고상하다 자칭하는 자는 당초 사직으로 장기를 삼아 나라가 내게 무슨 상관이냐? 백성이 내게 무슨 이해가 있나? 독선기신(獨善其身)이 제일이지, 자질도 이렇게 가르치고 문인도 이렇게 어거하여 혹 총명재자가 있어 각국 문명을 흠선하여, 정치가 어떠하다, 법률이 어떠하다, 교육이 어떠하다, 언론을 하게 되면 자세히 듣지는 아니하고 돌려세우고 고담준론으로 아무 집 자식도 버렸다, 그 조상도 불쌍하다 하여 문인 자제를 엄하게 신칙하되, 아무개와 상종을 말라, 그 말을 듣다가는 너희가 내 눈앞에 보이지 말라 하니, 우리 이

천만 인이 다 그 사람의 제자가 되면 나라꼴은 잘되겠지요.

그만도 못한 시골고라리 사회는 더구나 장관이지. 공자님 성씨가 누구신지요, 휘자가 무엇인지 알지도 못하는 인류들이 향교와 서원은 자기들의 밥자리로 알고, 사돈 여보게, 출표하러 가세. 생질 너도 술이나 먹으러 오너라. 돼지나 잡았는지. 개장국도 꽤 먹겠네. 수복아, 추렴 통문을 놓아라. 고직아, 닦아라. 아무가 문필은 똑똑하지마는 지체가 나빠 봉향가음이 못 되어, 아무는 무식하지마는 세력을 생각하면 대축이야 갈 데 있나. 명륜당이 견고하여 술주정을 좀 하여도 무너질 바 없지. 교궁은 이렇게 위하여야 종교를 밝히지. 아무 골 향교에는 학교를 설시하였다 하고, 아무 골 향교 전답을 학교에 붙였다 하니, 그 골에는 사람의 새끼 같은 것 하나 없어 그러한 변이 어디 또 있나? 아무 골 향족이 명륜당에 앉았다니 그 마룻장은 대패질을 하여라. 아무 집 일명이 색장을 붙였다니 그 재판에 수세미질이나 하여라 하여, 종교라는 종자는 무슨 종자며, 교자는 무슨 교자인지 착착 접어 먼지 속에 파묻고, 싸우나니 양반이요, 다투나니 재물이라. 이것이 우리 신성하신 대종교라 하오. 한심하고 통곡할 만도 하오. 종교가 이렇듯 부패하니 국세가 어찌 강성하겠소?

학교와 서원 성질을 말하리다. 서원은 소학교 자격이요, 향교는 중학교 자격이요, 태학은 대학교 자격이라. 서원은 선현화상을 봉안하여 소학 동자로 하여금 자국 인물을 기념케 함이요, 향교에는 대성인 위패를 봉안하여 중학 학생으로 하여금 종교를 경앙케 함이요, 태학에는 예악 문물을 더 융성하게 하여 태학 학생으로 하여금 종교 사상이 더욱 견고케 함이니, 어찌 다만 제사만 소중이라 하여 사당집과 일반으로 돌려보내리오? 교육을 주장하는 고로 향교와 서원을 당초에 설시하였고, 종교를 귀중하는 고로 대성인과 명현을 뫼셨고, 성현을 뫼신 고로 제례를 행하나니 교육과 종교는 주체가 되고 제사는 객체가 되거늘, 근래는 주체는 없어지고 객체만 숭상하니 어찌 열성조의 설시하신 본의라 하리오?

제사만 위한다 할진대 태묘도 한 곳뿐이어늘 아무리 성인을 존봉할지라도 어찌 삼백육십여 군의 골골마다 향화를 받들리까? 저 무식한 자들이 교육과 종교는 버리고 제사만 위중한다 한들 성현의 마음이 어찌 편안하시리까?

종교에야 어찌 귀천과 남녀가 다르겠소? 지금이라도 종교를 위하려면 성경 현전을 알아보기 쉽도록 국문으로 번역하여 거리거리 연설하고, 성묘와 서원에 무애히 농용하며, 가령 제사로 말할지라도 귀인은 귀인 예복으로 참사하고, 천인은 천인 의관으로 참사하고, 여자는 여자 의복으로 참사하여, 너도 공자님

제자, 나도 공자님 제자가 되기 일반이라 하면 종교 범위도 넓고, 사회단체도 굳으리다.

또 사회의 폐습을 말할진대 확실한 단체는 못 보겠습디다. 상업 사회는 에누리 사회요, 공장 사회는 날림 사회요, 농업 사회는 야매 사회라, 하나도 진실하고 기묘하여 외국 문명을 당할 것은 없으니 무슨 단체가 되겠소? 근래 신교육 사회는 구교육 사회보다는 낫다 하나 불심상원(不甚相遠)이오.

관공립은 화욕 학교라 실상은 없고 문구뿐이요, 각처 사립은 단명 학교라 기본이 없어 번차례로 폐지할 뿐 아니라, 물론 아무 학교든지 그중에 열심히 한다는 교장이니 찬성장이니 하는 임원더러 묻되, 이 학교에 제갈량과 이순신과 비사맥과 격란사돈과 같은 인재를 교육하여 일후의 국가 대사를 경륜하려고 하면 열에 한둘도 없고, 또 묻되 이 학교에 인재 성취는 이다음 일이요, 교육 사회에 명예나 취하려고 하면 열에 칠팔이 더 되니 그 성의가 그러하고야 어찌 장구히 유지하겠소? 교원 강사도 한만한 출입을 아니하고 시간을 지키어 왕래한다니 그 열심은 거룩하오. 공익을 위함인지, 명예를 위함인지, 월급을 위함인지, 명예도 아니요, 월급도 아니요, 실로 공익만 위한다 하는 자, 몇이나 되겠소?

물론 공사 관립하고 여러 학생에게 묻되, 학문을 힘써 일후에 사환을 하든지 일신 쾌락을 희망하느냐, 국가에 몸을 바치는 정신 얻기를 주의하느냐 하게 되면, 대·중·소 학교 몇 만 명 학도 중에 국가 정신이라고 대답하는 자 몇몇이나 되겠소?

또 여자 교육회니 여학교니 하는 것도 권리 없고 자본 없는 부인에게만 맡겨 두니 어찌 흥왕하리오. 물론 아무 사회하고, 이익만 위하고, 좀 낫다는 자는 명예만 위하고, 진실한 성심으로 나라를 위하여 이것을 한다든가, 백성을 위하여 이것을 한다는 자가 역시 몇이나 되겠소?

이렇게 교육 교육 할지라도 십 년, 이십 년에 영향을 알리니 그중에도 몇 사람이야 열심 있고 성의 있어 시사를 통곡할 자가 있겠지요마는, 단체 효력을 오히려 못 보거든 하물며 우리 여자에 무슨 단체가 조직되겠소? 아직 여러 자녀를 잘 가르치고 정분 있는 여자들에게 서로 권고하여 십 인이 모이고 이십 인이 모여 차차 단정히 설립하여야 사회든지 교육이든지 하여 보지, 졸지에 몇 백 명, 몇 천 명을 모아도 실효가 없어 일상 남자사회만 못하리다."

이에 설헌이 말했다.

"그러하오마는 세상 일이 어찌 아무것도 아니하고 앉아서 기다리기만 하리까? 여보, 우리 여자 몇몇이 지껄이는 것이 풀벌레 같을지라도 몇 사람이 주창하고 몇 사람이 권고하면 아니 될 일이 어디 있소? 석 달 장마에 한 점 볕이 갤 장본이요, 몇 달 가물에 한 조각 구름이 비 올 장본이니, 우리 몇 사람의 말로 천만인 사회가 되지 아니할지 뉘 알겠소?

청국 명사 양계초 씨가 말씀하였으되, 대저 사람이 일을 하려면 이기려다가 패함도 있거니와 패할까 염려하여 당초에 하지 아니하면 이는 당초에 패한 사람이라 하니, 오늘 시작하여 내일 성공할 일이 우리 팔자에 왜 있겠소? 그러나 우리가 우쭐거려야 우리 자식 손자들이나 행복을 누리지. 일향 우리나라 사람을 부패하다, 무식하다 조롱만 하면 똑똑하고 요요한 남의 나라 사람이 우리에게 소용 있소?

우리나라가 삼백 년 이전이 어떠한 정치며 어떠한 문물이오? 일본이 지금 아무리 문명하다 하여도 범백 제도를 우리나라에서 많이 배워 갔소. 그 나라 국문도 우리나라 왕인 씨가 지은 것이니, 근일 우리나라가 부패치 아니한 것은 아니나 단군 기자 이후로 수천 년 이래에 어떠한 민족이오?

철학가 말에, 편안한 것이 위태한 근본이라 하니, 우리나라 사람이 기백 년 편안하였은즉 한 번 위태한 일이 어찌 없겠소? 또 말하였으되, 무식은 유식의 근원이라 하였으니 우리나라 사람이 오래 무식하였으니 한 번 유식하지 아니할 이유가 있겠소? 가령 남의 집에 가서 보고, 그 집 사람들은 음식도 잘하더라, 의복도 잘하더라, 내 집에서는 의복 음식 솜씨가 저러하지 못하니 무엇에 쓸꼬 하고 가속을 박대하면 남의 좋은 의복 음식이 내게 무슨 상관이 있소? 차라리 저 음식은 어떠하니 좋지 아니하다, 이 의복은 어떠하니 좋지 아니하다 하여 제도를 자세히 가르쳐서 남의 것과 같이하는 것만 못하니, 부질없이 내 집안사람만 불만히 여기면 기도가 바로잡힐 리가 있으리까?

소학에 가로되, 좋은 사람이 없다 함은 덕 있는 말이 아니라 하였으니, 내 나라 사람을 무식하다고 능멸하여 권고 한마디 없으면 유식하신 매경 씨만 홀로 살으시려오? 여보 여보, 열심을 잃지 말고 어서어서 잡지도 발간, 교과서도 지어서 우리 일천만 여자 동포에게 돌립시다.

우리 여자의 마음이 이러하면 남자도 응당 귀가 있겠지. 십 년, 이십 년을 멀다 마오. 산림 어른이 연설꾼 아니 될지 뉘 알며, 향교 재임이 체조 교사가 아니 될지 뉘 알겠소? 속담에 이른 말에 뜬쇠가 달면 더 뜨겁다 하였소.

지금은 범백 권리가 다 남자에게 있다 하나 영원한 권리는 우리 여자가 차지합시다. 매경 씨 말씀에, 자녀를 교육하자 함이 진리를 알으시는 일이오. 우리 여자만 합심하고 자녀를 잘 교육하면 제 이세의 문명은 우리 사업이라 할 수 있소.

자식을 기르는 방법을 대강 말하오리다. 자식을 낳은 후에 가르칠 뿐 아니라 태속에서부터 가르친다 하였으니, 그런고로 《예기》에 태육법을 자세히 말하였으되, 부인이 잉태하매 돗자리가 바르지 아니하거든 앉지 아니하며, 벤 것이 바르지 아니하거든 먹지 말라 하였으니, 그 앉는 돗, 먹는 음식이 탯덩이에 무슨 상관이 있겠소마는 바른 도리로만 행하여 마음에 잊지 말라 함이오. 의원의 말에도 자식을 밴 부인이 잡것을 먹지 말라 하고, 음식의 차고 더운 것을 평균케 하고, 배를 항상 더웁게 하고, 당삭하거든 약간 노동하여야 순산한다 하였소.

뱃속에서도 이렇게 조심하거든 나온 후에 어찌 범연히 양육하오리까? 제가 비록 지각이 없을 때라도 어찌 그 앞에서 터럭만치 그른 일을 행하겠소? 밥 먹는 법, 잠자는 법, 말하는 법, 걸음 걷는 법 일동일정을 가르치되, 속이지 아니함을 주장하여 정대한 성품을 양육한즉 대인군자가 어찌하여 되지 못하리까?

맹자님 모친께서 맹자님을 기르실 때에 마침 동편 이웃집에서 돼지를 잡거늘 맹자께서 물으시되, '저 돼지는 어찌하야 잡나니이까?' 맹모가 희롱으로, '너를 먹이려고 잡는다.' 하셨더니 즉시 후회하시되, '어린아이를 속이는 법을 가르쳤다.' 하고 그 고기를 사다가 먹이신 일이 있고, 맹자가 점점 자라실새 장난이 심하여 산 밑에서 살 때에 상두꾼 흉내를 내시거늘 맹모가 가라사대, 이곳이 아이 기를 곳이 못 된다 하시고 저자 근처로 이사

하였더니, 맹자께서 또 물건 매매하는 형용을 지으시니 맹모가 또 집을 떠나 학궁 곁에 거하시매 그제야 맹자가 예절 있는 희롱을 하시는지라 맹모의 말씀이, 이는 참 자식 기를 곳이라 하시고 가르쳐 만세 아성이 되셨소. 한 아들을 가르쳐 억조창생에게 무궁한 도학이 있게 하시니 교육이란 것이 어떠하오? 만일 맹자께서 상두나 메시고 물건이나 팔러 다니셨다면 오늘날 맹자님을 누가 알겠소?

《비유요지》라 하는 책에서 말하였으되, 서양에 한 부인이 아들을 잘 교육할새 아들이 장성하여 장사치로 나가거늘 부인이 부탁하되, 너는 어디 가든지 남을 속이지 아니하기로 공부하라. 아들이 대답하고 지화 몇 백 원을 옷깃 속에 넣고 행하다가 중로에서 도적을 만나니 도적이 묻되, 너는 무슨 업을 하며 무슨 물건을 몸에 지녔느냐 하되, 아이는 대답하되, 나는 장사하는 사람이니 지화 몇 백 원이 옷깃 속에 있노라 하니, 도적이 그 정직함을 괴히 여겨 뒤져 본즉 과연 있는지라, 당초에 깊이 감추고 당장에 은휘치 아니하는 이유를 물은즉 그 사람이 대답하되, 내 모친이 남을 속이지 말라 경계하셨으니 어찌 재물을 위하여 친교를 어기리요. 도적이 각각 탄복하여 말하되, 너는 효성 있는 사람이라. 우리 같은 자는 어찌 인류라 하리요. 지화를 다시 옷깃에 넣어 주고 그 후로는 다시 도적질도 아니하였다 하였소.

그 부인이 자기 아들을 잘 교육하여 남의 자식까지 도적의 행위를 끊게 하니 교육이라는 것이 어떠하오? 송나라 구양수 씨도 과부의 아들로 자라매, 집이 심히 가난하여 서책과 필묵이 없거늘, 모친이 갈대로 땅을 그어 글을 가르쳐 만고의 문장이 되었고, 우리나라 퇴계 이 선생도 어릴 때 모친이 말씀하시되, 내 일찍 과부가 되어 너희 형제만 있으니 공부를 잘하라, 세상 사람이 과부의 자식은 사귀지 아니한다니 너희는 그 근심을 면하게 하라 하고, 평상시에 무슨 물건을 보면 이치를 가르치며 아무 일이고 당하면 사리를 분석하여 순순히 교훈하사 동방공자가 되셨으니 교육이라는 것이 어떠하오?

예로부터 교육은 어머니께 받는 일이 많으니 우리도 자식을 그런 성력과 그런 방법으로 교육하면 그 영향이 어떠하겠소? 우리 여자 사회에 큰 사업이 이에서 더한 일이 있겠소? 여러분 여자들, 지금 남자와 지금 여자를 조롱 말고 이다음 남자와 이다음 여자나 교육 좀 잘하여 봅시다."

국란이 동의하며 말했다.

"그 말씀 대단히 좋소. 자식 기르는 법과 가르치는 공효를 많이 말씀하셨으나 자식 사랑하는 이유가 미진한 고로 여러분 들으시기 위하여 그 진리를 말씀하오리다.

세상 사람들이 자식을 사랑한다 하나 실상은 자기 일신을 사랑함이니, 자식이 나매 좋아하고 기꺼하는 마음을 궁구하면, 필경은 '저 자식이 있으니 내 몸이 의탁할 곳이 있으며, 내 자식이 자라니 내 몸을 봉양할 자가 있도다.' 하고, 혹 자식이 병이 들면 근심하고, 혹 자식이 불행하면 서러워하니, 근심하고 서러워하는 마음을 궁구하면 필경은 '내 자식이 병들었으니 누가 나를 봉양하며, 내 자식이 없었으니 내가 누구를 의탁하리요.' 하나, 그 마음이 하나도 자식을 위한다는 자도 없고 국가를 위한다는 자도 없으니 사람마다 자식 자식 하여도 진리는 실상 모릅디다.

자식의 효도를 받는 것이 어찌 내 몸만 잘 봉양하면 효도라 하리오? 증자 말씀에 인군을 잘못 섬겨도 효가 아니요, 전장에 용맹이 없어도 효가 아니라 하셨으니, 이 말씀을 생각하면 자식이라는 것이 내 몸만 위하여 난 것이 아니요, 실로 나라를 위하여 생긴 것이니 자식을 공물이라 하여도 합당하오.

혹 모르는 사람은 이 말을 들으면 필경 대경소괴하여 말하되, 실로 그러할진대 누가 자식이 있다고 좋아하며 자식 없다고 서러워하리오? 청국 강남해 말에, 대동 세계에는 자식을 못 낳은 여자는 벌이 있다 하더니, 과연 벌하기 전에야 생산하려는 자가 있겠소? 혹 생산하더라도 내 몸은 봉양하여 주지 아니하고 국가만 위하여 교육을 받으라 하겠소? 이러한 말이 널리 들리면 윤리상에 대단히 불행하겠다 하여 중언부언할 터이지마는, 지

금 내 말이 윤리상의 불행함이 아니라 매우 다행하오리다.

　자식을 공물로 인정하더라도 그렇지 아니한 소이연이 있으니, 가령 우마를 공물이라 하면 농업가와 상업가에서 우마를 부리지 아니하리까? 저 집에 우마가 있으면 내 집에 없어도 관계가 없다 하여 사람마다 마음이 그러하면 우마가 이미 절종되었을 터이나, 비록 공물이라도 우마가 있어야 농업과 상업에 낭패가 없은즉, 자식은 공물이라고 있는 것을 귀히 여기지 아니하리오. 기왕 자식이 있는 이상에는 공물이라고 교육을 아니하다가는 참말 윤리에 불행한 일이오.

　가령 어부가 동무를 연합하여 고기를 잡되, 남의 그물에 걸린 것이 내 그물에 걸린 것만 못하다 하니, 국가 대사업을 바라는 마음은 같으나 어찌 남의 자식 성취한 것이 내 자식 성취한 것만 하오리까? 그러한즉 불가불 자식을 교육할 것이요, 자식이 나서 나라의 사업을 성취하고 국민에 이익을 끼치면 그 부모는 어찌 영광이 없으리까?

　옛날 사파달(스파르타)이라 하는 땅에 한 노파가 여덟 아들을 낳아서 교육을 잘하여 여덟이 다 전장에 갔다가 죽은지라, 그 살아 돌아오는 사람더러 묻되, 이번 전장에 승부가 어떠한고? 그 사람이 대답하되, 전쟁은 이기었으나 노인의 여러 아들은 다 불행하였나이다 하거늘 노구 즉시 일어나 춤을 추며 노래를 불러 가로되, 사파달아, 사파달아, 내 너를 위하여 아들 여덟을 낳았도다 하고 슬퍼하는 빛이 없으니, 그 노구가 참 자식을 공물로 인정하는 사람이니, 그는 생산도 잘하고 교육도 잘하고 영광도 대단하오이다.

우리나라 사람들이 자식의 진리를 몇이나 알겠소? 제일 가관의 일이, 정처에 자식이 없으면 첩의 소생은 비록 여룡여호하여 문장은 이태백이요, 풍채는 두목지요, 사업은 비사맥이라도 서자라, 얼자라 하여 버려 두고, 정도 없고 눈에도 서투른 남의 자식을 솔양하여 아들이라 하는 것이 무슨 일이오?

성인의 법제가 어찌 그같이 효박할 이유가 있으리까? 적서라는 말씀은 있으나 그래, 적서와는 대단히 다르오. 정처의 소생이라도 장자 다음에는 다 서자라 하거늘, 우리나라는 남의 정처 소생을 서자라 하면 대단히 뛰겠소. 양자법으로 말할지라도 적서에 자녀가 하나도 없어야 양자를 하거늘 서자라 바리고 남의 자식을 솔양하니 하나도 성인의 법제는 아니오. 자식을 부모가 이같이 대우하니 어찌 세상에서 대우를 받겠소?

그 서자이니 얼자이니 하는 총중에 영웅이 몇몇이며, 문장이 몇몇이며, 도덕군자가 몇몇인지 누가 알겠소? 그 사람도 원통하거니와 나랏일이야 더구나 말할 것이 있소? 남의 나라 사람도 고문이니 보좌니 쓰는 법도 있거든 우리나라 사람에 무엇을 그리 많이 고르는지 이성호는 적서 등분을 혁파하자, 서북 사람을 통용하자 하여 열심으로 의논하였고, 조은당의 부인 김 씨는 자제를 경계하되, 너희가 서모를 경대하지 아니하니 어찌 인사라 하리오? 아비의 계집은 다 어머니라 하셨나니 이 두 말씀이 몇 백 년 전에 주창하였으니 그 아니 고명하오?

또 남의 후취로 들어가서 전취 소생에게 험히 구는 자가 있으니 그것은 무슨 지각이오? 아무리 나의 소생은 아니나 남편의 자식은 분명하니 양자보다는 매우 긴절하오. 사람의 전조모와 후조모라 하여 자손의 마음에 후박이 있으리까? 그렇건마는 몰지각한 후취 부인들은 내 속으로 낳지 아니하였으니 내 자식이 아니라 하여 동네 아이만도 못하고 종의 자식만도 못하게 대우하니 어찌 그리 박정하고 무식하오? 아무리 원수 같은 자식이라도 내 몸이 늙어지면 소생 자식 열보다 나으며, 그 손자로 말할지라도 큰자식의 손자가 소생 손자 열보다 낫지 아니하오?

원수같이 알고 도척같이 알던 그 자식, 그 손자가 일후에 만반진수를 차려 놓고 유세차, 효자모, 효손모는 감소고우, 현비, 현조비, 모봉, 모씨라 하면 아마 혼령이라도 무안하겠지. 또 자식을 기왕 공물로 인정할진대 내 소생만 공물이요, 전취 소생은 공물이 아니겠소? 아무리 전취 자식이라도 잘 교육하여 국가의 대사업을 성취하면 그 영광이 아마 못생긴 소생 자식보다 얼마쯤이 유조하리니, 이 말씀을 우리 여자 사회에 공포하여 그 소위 서자이니, 전취 자식이니 하는 악습을 다 개량하여 윤리상 영원한 행복을 누리게 합시다."

매경이 이어 말했다.

"자식의 진리를 자세히 말씀하셨으나 그 범위는 대단히 넓다고는 못 하겠소. 기왕 자식을 공물이라 말씀하셨으면 공물이 많아야 좋겠소, 공물이 적어야 좋겠소? 공물이 많아야 좋다 할진대 어찌 서자니 전취 소생이니 그것만 공물이라 하여도 역시 사정이올시다.

비록 종의 자식이나 거지의 자식이라도 우리나라 공물은 일반이어늘, 소위 양반이니 중인이니 상한이니 서울이니 시골이니 하여 서로 보기를 타국 사람같이 하니 단체가 성립할 날이 어찌 있겠소? 또 서북으로 말할지라도 몇 백 년을 나라 땅에 생장하기는 일반이어늘, 그 사람 중에 재상이 있겠소, 도학군자가 있겠소? 천향이라 하여도 가하니 그 사람 중에 진개 재상 재목과 도학군자 자격이 없는 것이 아니라, 재상의 교육과 군자의 학문이 없음인지 몇 백 년 좋은 공물을 다 버리고 쓰지 아니하였으니 어찌 나라가 왕성하오리까?

이성호의 말씀에, 반상을 타파하자, 서북을 통용하자 하여 수천 마디 말을 반복 의논하였으나 무효하였으니 어찌 한심치 아니하겠소? 평안도의 심의도사 오세양 씨는 그 학문이 우리 동방에 드문 군자라. 그 학설과 이설이 대단히 발표하였건마는 서원도 없고 문집도 없이 초목과 같이 썩은 일이 아니 원통한가?

그 정책은 다름 아니라 서북은 인재가 배출하니 기호(畿湖)와 같이 교육하면 사환 권리를 다 빼앗긴다 하니 그러한 좁은 말이 어디 있겠소? 사환이라는 것은 백성을 대표한 자인즉 백성의 지식이 고등한 자라야 참여하나니 아무쪼록 내 지식을 넓혀서 할 것이지, 남의 지식을 막고 나만 못하도록 하면 어찌 천도가 무심하오리까?

철학 박사의 말에, 차라리 제 나라 민족에 노예가 세세로 될지언정 타국 정부의 보호는 아니 받는다 하였으니, 그 말을 생각하면 이왕 일이 대단히 잘못되었소.

또 반상으로 말할지라도 그렇게 심한 일이 어디 있겠소? 어찌하다가 한 번 상놈이라 패호하면 비록 영웅 열사가 있을지라도 자자손손이 상놈이라 하대하니 그 같은 악한 풍속이 어디 있으리까? 그러나 한 번 상사람이 된 자는 도저히 인재 나기가 어려우니, 가령 서울 사람이라 해도 그 실상은 태반이나 시골 생장인즉 시골 풍속으로 잠깐 말하리다. 그 부모 된 자들이 자식의 나이가 칠팔 세만 되면 나무를 하여라, 꼴을 베어라 하여, 초등 교과가 꼬부랑 호미와 낫이요, 중등 교과가 가래와 쇠스랑이요, 대학 교과가 밭 갈기와 논 갈기요, 외교 수단이 소 장사 등 짐꾼이니, 그 총중에 비록 금옥 같은 바탕이 있을지라도 어찌 저절로 영웅이 되겠소? 결단코 그중에 주정꾼과 노름꾼의 무수한 협잡배들이 당초에 교육을 받았으면 영웅도 되고 호걸도 되었으리라 하오.

혹 그 부모가 소견이 바늘구멍만치 뚫려 자식을 동네 생원님 학구방에 보내면 그 선생이 처지를 따라 가르치되, 너는 큰 글을 하여 무엇하느냐, 계통문이나 보고 취대하기나 보면 족하지. 너는 시부표책하여 무엇하느냐, 전등신화나 읽어서 아전질이나 하여라 하니, 그런 참혹한 일이 어디 있겠소? 입학하던 날부터 장래 목적이 이뿐이요, 선생의 교수가 이러하니 제갈량, 비사맥 같은 바탕이 몇 백만 명이라도 속절없이 전진할 여망이 없겠으니 이는 소위 양반의 죄뿐 아니라 자기가 공부를 우습게 알아서 그 지경에 빠진 것이오. 옛날 유명한 송귀봉과 서거정은 남의 집 종의 아들로 일대 도학가가 되었고, 정금남은 광주 관비의 아들로 크게 사업을 이루었은즉, 남의 집 종과 외읍 관비보다 더 천한 상놈이 어디 있겠소마는 이 어른들을 누가 감히 존중치 아니하겠소?

그러나 무식한 자들이야 어찌 그러한 사적을 알겠소? 도무지 선지라 선각이라 하는 양반이 교육을 아니한 죄가 대단하오. 물론 아무 나라하고 상·중·하등 사회가 없는 것은 아니나, 국가 질서를 유지하려면 불가불 등급이 있어야 문란한 일이 없거늘, 우리나라 경장대신(更張大臣)들이 양반의 폐만 생각하고 양반의 공효는 생각지 못하여 졸지에 반상 등급을 벽파하라 하니 누가 상쾌치 아니하겠소마는, 국가 질서의 문란은 양반보다 더 심한 자 많으니 어찌 정치가의 수단이라고 인정하겠소?

지금 형편으로 보면 양반들은 명분 없는 세상에 무슨 일을 조심하리오? 그 행세가 전일 양반만도 못하고 상인들은 요사이 양반이 어디 있어 비록 문장이 된들 무엇하며, 도학이 있은들 무엇하나 하여, 혹 목불식정(目不識丁)하고 준준무식(蠢蠢無識)한 금수 같은 유들이 제 집에서 제 형을 욕하며, 제 부모에게 불효한대도 동네 양반들이 말하면 팔뚝을 뽐내며 하는 말이, '시방 무슨 양반이 따로 있나? 내 자유권이 왜 상관이 있나? 내 자유권이 무슨 걱정이야? 그러다가는 뺨을 칠라, 복장을 지를라.' 하면서 무수 질욕하나 누가 감히 옳다 그르다 말하겠소? 속담에 상두꾼에도 수번이 있고, 초라니 탈에도 차례가 있다 하니, 하물며 전국 사회가 이렇게 문란하고야 무슨 질서가 있겠소?

갑오년 경장 대신의 정책이 웬 까닭이오? 양반은 양반대로 두고, 학교 하는 임원도 양반이며, 학도의 부형도 양반이며, 학도도 양반이라 하고, 학도의 자모도 학부인이라, 내부인이라 반포하면 전국이 다 양반이 될 일을 어찌하여 양반 없이 한다 하니, 사천 년 전래하던 습관이 졸지에 잘 변하겠소? 지금 형편은 어떠하냐 하면 어기어차 슬슬 다리어라, 네가 못 다리면 내가 다리겠다. 어기어차 슬슬 다리어라 하는 이 지경에 한 번 큰 승부가 달렸은즉, 노인도 다리고, 소년도 다리고, 새아기씨도 다리어도 이길는지 말는지 할 일이오. 나도 양반으로 말하면 친정이나 시집이나 삼한갑족(三韓甲族)이로되, 그것이 다 쓸데 있소? 우리도 자식을 공물이라 하면 소위 서북이니 반상이니 썩고 썩은 말을 다 그만두고 내 나라 청년이면 아무쪼록 교육하여 우리 어렵고 서러운 일을 그 어깨에 맡깁시다."

금운이 말했다.

"작일은 융희 이년 제일 상원이니, 달도 그전과 같이 밝고, 오곡밥도 그전과 같이 달고, 각색 채소도 그전과 같이 맛나건마는 우리 심사는 왜 이리 불평하오?

어젯밤이 참 유명한 밤이오. 우리나라 풍속에 상원일 밤에 꿈을 잘 꾸면 그해 일 년에, 벼슬하는 이는 벼슬을 잘하고, 농사하는 이는 농사를 잘하고, 장사하는 이는 장사를 잘한다 하니, 꿈이라는 것은 제 욕심대로 꾸어서 혹 일 년, 혹 수십 년이라도 필경은 아니 맞는 이유가 없소. 우리 한 노래로 긴 밤을 새우지 말고, 대한 융희 이년 상원일에 크나 작으나 꿈꾼 것을 하나 유루

없이 이야기합시다."

설헌이 동의하며 말했다.

"그 말씀이 매우 좋소. 나는 어젯밤에 대한 제국 자주 독립할 꿈을 꾸었소. 활멸사라 하는 사회가 있는데 그 사회 중에 두 당파가 있으니, 하나는 자활당이라 하여 그 주의인즉, 교육을 확장하고 상공을 연구하여 신공기를 흡수하며 부패 사상을 타파하여 대포도 무섭지 아니하고 장창도 두렵지 아니하여 국가에 몸을 바치는 사업을 이루고자 할새, 그 말에 외국 의뢰도 쓸데없고, 한두 개 영웅이 혹 국권을 만회하여도 쓸데없고, 오직 전국 남녀 청년이 보통 지식이 있어서 자주권을 회복하여야 확실히 완전하다 하여 학교도 설시하며 신서적도 발간하여, 남이 미쳤다 하든지 못생겼다 하든지 자주권을 회복하기에 골몰 무가하나, 그 당파의 수효는 전사회의 십분지 삼이오.

하나는 자멸당이라 하니 그 주의인즉, 우리나라가 이왕 이 지경에 빠졌으니 제갈공명이 있으면 어찌하며, 격란사돈이 있으면 무엇하나? 십승지지(十勝之地)가 어디 있노, 피란이나 갈까보다, 필경은 세상이 바로잡히면 그때에야 한림 직각을 나 내놓고 누가 하나? 학교는 무엇이야, 우리 마음에는 십대 생원님으로 죽는대도 자식을 학교에야 보내고 싶지 않다. 소위 신학문이라는 것은 모두 천주학인데 우리네 자식이야 설마 그것이야 배우겠나?

 또 물리학이니 화학이니 정치학이니 법률학이니, 다 무엇에 쓰는 것인가? 그것을 모를 때에는 세상이 태평하였네. 요사이 같은 세상일수록 어디 좋은 명당자리나 얻어서 부모의 백골을 잘 면례하였으면 자손이 발음이나 내릴는지, 우선 기도나 잘하여야 망하기 전에 집안이나 평안하지, 전곡이 썩어지더라도 학교에 보조는 아니할 터이야. 바로 도적놈을 주면 매나 아니 맞지, 아무개는 제 집이 어렵다 하면서 학교에 명예 교사를 다닌다지. 남의 자식 가르치기에 어찌 그리 미쳤을까? 글을 읽어라, 수를 놓아라 하는 소리 참 가소롭데. 유식하면 검정콩알이 아니 들어가나? 운수를 어찌하여? 아무것도 할 일 없지. 요대로 앉았다가 죽으면 죽고 살면 사는 것이 제일이라 하니, 그 당파의 수효는 십분지 칠이요, 그 회장은 국참정이라는 사람이니, 아무 학회 회장과 흡사하여 얼굴이 풍후하고 수염이 많고 성품이 순실하여 이 당파도 좇아 저 당파도 좇아 하여 반박이 없이 가부 취결만 물어서 흥하자 하면 흥하고, 망하자 하면 망하여 회원의 다수만 점검하는데, 그 소수한 자활당이 자멸당을 이기지 못하여 혹 권고도 하며, 혹 욕질도 하며, 혹 통곡도 하면서 분주 왕래하되, 몇 번 통상회의니 특별회의니 번번이 동의하다가 부결을 당한지라, 또 국회장에게 무수 애걸하여 마지막 가부회를 독립

관에 개설하고 수만 명이 몰려가더니 소위 자멸당도 목석과 금수는 아니라, 자활당의 정대한 언론과 비창한 형용을 보고 서로 기뻐하며 자활주의로 전수가결되매, 그 회원들이 독립가를 부르고 춤을 추며 돌아오는 거동을 보았소."

매경이 이어 말했다.

"(깔깔 웃으며) 나는 어젯밤에 대한 제국이 개명하는 꿈을 꾸었소. 전국 사람들이 모두 병이 들었다는데, 혹 반신불수도 있고 혹 수중다리도 있고 혹 내종병도 들고 혹 정충증도 있고 혹 체증 횟배와 귀먹고 눈멀고 벙어리까지 되어 여러 가지 병으로 집집이 앓는 소리요, 곳곳이 넘어지는 빛이라, 남녀노소를 물론하고 성한 사람은 하나도 없더니 마침 한 명의가 하는 말이, 이 병들을 급히 고치지 아니하면 우리 삼천리강산이 빈터만 남으리니 그 아니 통곡할 일이오? 내가 화제 한 장을 낼 것이니 제발 믿으시오 하더니 방문을 써서 돌리니, 그 방문 이름은 청심환 골산이니 성경으로 위군하고 정치, 법률, 경제, 산술, 물리, 화학, 농학, 공학, 상학, 지리, 역사를 각 등분하여 극히 정묘하게 국문으로 법제하여 병세 쾌차하도록 무시복하되, 병자의 증세를 보아 임시 가감도 하며 대기하기는 주색잡기, 경박, 퇴보, 태타 등이라.

이 방문을 사람마다 베껴다가 시험할새 그 약을 방문대로 잘

먹고 나면 병 낫기는 더 할 말이 없고 또 마음이 청상해지며 환골탈태가 되는데 매미와 뱀과 같이 묵은 허물을 일제히 벗어 버립디다.

오륙 세 전 아이들은 당초에 벗을 것이 없으나 팔 세 이상 아이들은 가뭇가뭇한 종잇장 두께만 하고, 십오 세 이상 사람들은 검고 푸르러서 장판 두께만 하고, 삼십, 사십씩 된 사람들은 각색 빛이 얼룩얼룩하여 멍석 두께만 하고, 오십, 육십 된 사람들은 어룩어룩 두틀두틀하며 또 각색 악취가 촉비하여 보료 두께만 하여, 노소남녀가 각각 벗을 때 참 대단히 장관입디다. 아이들과 젊은이와, 당초에 무식한 사람들은 벗기가 오히려 쉽고, 조금 유식하다는 사람들과 늙은이들은 벗기가 극히 어려워서, 혹 남이 붙잡아도 주고 혹 가르쳐도 주되, 반쯤 벗다가 기진한 사람도 있고 아니 벗으려고 앙탈하다가 그대로 죽는 사람도 왕왕 있습디다.

필경은 그 허물을 다 벗어 옥골선풍(玉骨仙風)이 된 후에 그 허물을 주체할 데가 없어 공론이 불일한데, 혹은 이것을 집에 두면 그 냄새에 병이 복발하기 쉽다 하며, 혹은 그 냄새는 고사하고 그것을 집에 두면 철모르는 아이들이 장난으로 다시 입어 보면 이것이 큰 탈이라 하며, 혹은 이것을 모두 한곳에 몰아 쌓고 그 근처에 사람이 다니는 것을 금하면 다시 물들 염려도 없을 터이나 그것을 한곳에 모아 쌓은즉 백두산보다도 클 것이니, 이러한 조그마한 나라에 백두산이 둘이면 집은 어디 짓고 농사는 어디서 하나? 그것도 못 될 말이지 하며, 혹은 매미 허물은 선퇴라는 것이니 혹 간기증에도 쓰고, 뱀의 허물은 사퇴라는 것이니, 혹 인후증에도 쓰거니와 이 허물은 말하려면 인퇴라 하겠으나 백 가지에 한 군데 쓸데가 없으며 그 성질이 육기가 많고 와사 냄새가 많아서 동해 바다의 멸치 썩은 것과 방불한즉, 우리나라의 척박한 천지에 거름으로 쓰면 각각 주체하기도 경편하고 또 농사에도 심히 유익하겠다 하니, 그제야 여러 사람이 그 말을 시행하여 혹 지게에도 져 내고 혹 구루마에 실어 내어 낙역부절하는 것을 보았소."

금운이 이어 말했다.

"나는 어젯밤에 대한 제국이 독립하는 꿈을 꾸었소. 오뚝이라는 것은 조그마하게 아이를 만들어 집어던지면 드러눕지 아니하고 오뚝오뚝 일어서는 고로 이름을 오뚝이라 지었으니, 한문으로 쓰려면 나 오 자, 홀로 독 자, 설 립 자 세 글자를 모아 부르면 오독립이니, 내가 독립하겠다는 의미가 있고 또 오뚝이의 사적을 들으니 옛날 조그마한 동자로 정신이 돌올하여 일찍 일어선 아이라. 그런고로 후세 사람들이 아이를 낳아서 혹 더디 일어설까 염려하여 오뚝이 모양을 만들어 희롱감으로 아이들을 주니 그 정신이 오뚝이와 같이 오뚝오뚝 일어서라는 의사라. 우리나라 사람들이 오뚝이 정신이 있는 이는 하나도 없은즉, 아이들뿐 아니라 장정 어른들도 오뚝이 정신을 길러서 오뚝이와 같이 오뚝오뚝 일어서기를 배워야 하겠다 하여, 우리 영감 평양 서윤으로 있을 때에 장만한 수백 석지기 좋은 땅을 방매하여 오뚝이 상점을 설치하고 각 신문에 영업 광고를 발표하였더니 과연 오뚝이를 몇 달이 못 되어 다 팔고 큰 이익을 얻어 보았소."

국란이 이어 말했다.

"나는 어젯밤에 대한 제국이 천만 년 영구히 안녕할 꿈을 꾸었소. 석가여래라 하는 양반이 전신이 황금과 같이 윤택하고 양미간에 큰 점이 박히고 한 손은 감중련하고 한 손에는 석장을 들고 높고 빛나는 옥탁자 위에 앉았거늘, 내가 합장 배례하고 황공복지하여 내두의 발원을 묻는데, 어떠한 신수 좋은 부인 한 분이 곁에 섰다가 책망하기를, 적선한 집에는 경사가 있고, 불선한 집에는 앙화가 있음은 소소한 이치어늘, 어찌 구구히 부처에게 비나뇨? 그대는 적악한 일이 없고 이생에도 부모에 효도하며 형제에 우애하며 투기를 아니하며 무당과 소경을 멀리하여 음사 기도를 아니하며 전곡을 인색히 아니하여 어려운 사람을 잘 구제하고 학교에나 사회에나 공익상으로 보조를 많이 하였으니 너는 가위 선녀라 할지니, 그 행복을 누리려면 너의 일생뿐 아니라 천만 년이라도 자손은 끊기지 아니하고 부귀공명과 충신 효자를 많이 점지하리라 하시니, 이 말씀을 미루어 본즉 내 자손이 천만 년 부귀를 누릴 지경이면 대한 제국도 천만 년을 안녕하심을 짐작할 일이 아니겠소?"

여러 부인 중에 한 부인이 일어나서 말하되,

"나는 지식이 없어 연하여 담화는 잘하지 못하거니와 사상이야 어찌 다르며 꿈이야 못 꾸었겠소? 나도 어젯밤에 좋은 몽사가 있으나 벌써 닭이 울어 밤이 들었으니 이다음에 이야기하오리다."

구마검

대안동 네거리에서 남산을 바라보고 한참 내려가면 베전 병문 큰길이라. 좌우에 저자 하는 사람들이 조석으로 물을 뿌리고 비질을 하여 인절미를 굴려도 검불 하나 아니 묻을 것 같으나, 그 많은 사람, 그 많은 마소가 밟고 오고 밟고 가면 몇 시 아니 되어 길바닥이 도로 지저분하여져서 바람이 기척만 있어도 행인이 눈을 뜰 수가 없는데, 바람도 여러 가지라. 삼사월 길고 긴 날 꽃을 재촉하는 동풍도 있고, 오뉴월 삼복중에 비를 장만하는 남풍도 있고, 팔월 생량할 때 서리가 오려는 동북풍과 시월 동짓달에 눈을 몰아오는 북새도 있으니, 이 여러 가지 바람은 절기를 따라 으레 불고, 으레 그치는 고로 사람들이 부는 것을 보아도 놀라지 아니하고, 그치는 것을 보아도 희한히 여길 것이 없지마는, 이날 베전 병문에서 불던 바람은 동풍도 아니요, 남풍도 아니요, 서풍, 북풍이 모두 아니요, 어디로조차 오는 방면이 없이 길바닥 한가운데에서 먼지가 솔솔솔 일어나더니, 뱅뱅뱅 돌아가며 점점 언저리가 커져 도래멍석만 하여 정신 차려 볼 수가 없이 팽팽팽 돌며 자리에 뚝 떨어지며, 어떠한 사람 하나를 겹겹이 싸고 돌아가니 갓 귀영자가 쑥 빠지며 머리에 썼던 제모립이 정월 대보름날 귀머리장군 연 떠나가듯 삼 마장은 가서 떨어진다.

그 사람이 두 손으로 눈을 썩썩 비비고 입속에 들어간 먼지를 퉤퉤 뱉으며,

"에, 바람도 몹시 분다. 정신을 차릴 수가 없지. 내 갓은 어디로 날려 갔을까? 어, 저기 가 있네."

하더니, 한 손으로 탕건을 상투째 아울러 껴붙들고 분주히 쫓아가 갓을 집어 들더니, 조끼에서 저사(紵紗) 수건을 내어 툭툭 털어 쓰고 가는데, 그때 마침 장옷 쓴 계집 하나가 그 광경을 목도하고 그 사람의 얼굴을 넌짓 보더니, 장옷 앞자락으로 제 얼굴을 얼핏 가리고 행랑 뒷골로 들어가더라.

중부 다방골은 장안 한복판에 있어, 자래로 부자들이 많이 살기로 유명한 곳이라. 집집마다 바깥 대문은 개구멍만 하여 남산

골 딸깍샌님의 집 같아도 중대문 안을 들어서면 고루거각(高樓巨閣)에 분벽사창(粉壁紗窓)이 조요하니, 이는 북촌에 세력 있는 토호재상에게 재물을 빼앗길까 엄살 겸 흉을 부리는 계교러라.

그중에 함진해라 하는 집은 형세가 남의 밑에 아니 들어, 남노비에 기구 있게 지내는 터인데, 한갓 자손복이 없어 낳기는 펄쩍해도 기르기는 하나도 못 하다가, 부인 최 씨가 삼취(三娶)로 들어와 아들 하나를 낳아 놓고 몸이 큰 체하여 집안에 죽젓갱이질을 할대로 하며, 남편까지도 손톱 반머리만치 두려워하지 아니하고, 마음에 있는 일이면 옳고 그르고 눈을 기어가면서라도, 직성이 해토(解土) 머리에 얼음 풀어지듯 하게 하여 보고야 말더라.

최 씨의 친정은 노돌이라. 그 동리 풍속이 재래로 제일 숭상하는 것은, 존대하여 말하자면 만신이요, 마구 말하자면 무당이라 하는, 남의 집을 망하게 해 주며, 날불한당질을 하는 것들을 남자들은 누이님 아주머니, 여인들은 형님 어머니 하여 가며 개화 전 시대에 칙사를 대접하듯 하여 봄가을이면 으레 찰떡을 치고 메떡을 치고 쇠머리 북어쾌를 월수, 일수를 얻어서라도 기어이 장만하여 철무리 큰 굿을 하여야 세상일이 다 잘될 줄 아는 동리니, 최 씨가 어려서부터 보고 듣고 자란 것이 그뿐이러니, 시집을 와서도 그 버릇을 버리지 못하고 어디가 뜨끔만 하면 무꾸리질이요, 남편이 이틀만 아니 들어와 자도 살풀이를 하기라. 어디 새로 난 무당이 있다든지, 신통한 점쟁이가 있다면 남편 모르게 가도 보고 청해다도 보아 놓고 메를 올리라든가, 기도를 하라든가, 무당의 입이나 점쟁이 입에서 뚝 떨어지기가 무섭게 거행을 하니, 이는 최 씨 부인이 무당이나 점쟁이를 위하여 그리하는 바가 아니라, 자기 생각에는 사람의 일동일정(一動一靜)으로 죽고 사는 일까지라도 귀신의 농락으로만, 물 부어 샐 틈 없이 꼭 믿고 정신을 못 차려 그러는 것이러라.

장사 나자 용마가 난다고 함진해 집에 능청스럽게 거짓말 잘하고 염치없이 도둑질 잘하는 안잠자는 노파 하나가 있어, 저의 마님의 눈치를 보아 비위를 슬슬 맞춰 가며 전후 심부름은 도맡아 하는데 천행으로 최 씨 부인이 태기가 있어 아들 하나를 낳으니 노파가 신이 열 길이나 나서,

"마님, 마님의 정성이 지극하시더니 칠성님이 돌보셔서 삼신 행차가 계시게 하셨습니다. 에그, 아기가 범연한가, 떡두꺼비 같은 귀동자지. 오냐, 무쇠 목숨에 돌 끈을 달아 수명 장수하여라."

그 아이가 거적자리에 떨어진 이후로 무슨 귀신이 그리 많이 덤비던지 삼 일 안부터 빌고 위하는 것이 모두 귀신이라. 겨우 돌을 지나 걸음발을 타는 아이가 돈은 제 몸뚱이보다 몇 십 갑

절이 더 들었더라.

 그런데 그 아이에게 펄쩍 잘 덤비는 여귀 둘이 있으니, 최 씨 마음에 죽지 아니하였고 살아 있어 그 지경이면 다갱이에서부터 발목까지 아드등 깨물어 먹고라도 싶지마는, 죽어 귀신이 된 까닭으로 미운 마음은 어디로 가고 무서운 생각이 더럭 나며, 무서운 생각이 너무 나서 위하고 달래는 일이 생겨 행담과 고리짝에다 치마저고리를 담아서 둔 방축 머리에 줄남생이같이 위해 앉혔으니 그 귀신은 도깨비도 아니요, 두억시니도 아니요, 못다 먹고 못다 쓰고, 함 씨 집에 인연이 미진하여 원통히 세상을 버린 초취 부인 이 씨와 재취 부인 박 씨라. 사람이 죽어 귀신이 되어 산 사람에게 침노한다는 말이 본래 요사스러운 무녀의 입에서 지어낸 말이라. 적이나 현철한 부인이야 침혹할 리가 있으리요마는, 최 씨는 지각이 어떻게 없던지 노파와 무녀의 꾸며내는 말을 열 되들이 정말로만 알고 그 아들이 돌림감기만 들어도 이 씨 여귀, 설사 한 번만 해도 박 씨 여귀, 피륙과 전곡을 아까운 줄 모르고 무당 점쟁이 집으로 물 퍼붓듯 보내다가, 고삐가 길면 디딘다더니 함진해가 대강 짐작을 하고 최 씨더러 훈계를 하는데, 본래 함진해의 위인은 무능하지마는 선부형 문견으로 그같이 요사한 일이 별로 없던 가정이라.

 "여보, 무당 판수라 하는 것은 다 쓸데없는 것이외다. 저희들이 무엇을 알며, 귀신이라 하는 것이 더구나 허무치 아니하오? 누가 눈으로 보았소? 설혹 귀신이 있기로 나의 전마누라가 둘이 다 생시에 심덕이 극히 착하던 사람인데 죽였기로 무슨 침탈을 하겠소? 다시는 이 씨니 박 씨니 하는 부당한 말을 곧이듣지 마오."

"죽은 마누라를 저렇게 위하시려면 똥구멍이라도 불어서 아무쪼록 살려 데리고 해로하시지, 남을 왜 데려다 성가시게 하시오? 누가 이 씨, 박 씨의 귀신이 무던하지 아니하다오? 무던한 것이 탈이지. 귀신은 귀하답시고 한 번 만져만 보아도 산 사람의 병이 된다오. 인제는 아무가 앓든지 죽든지 나는 도무지 상관치 말리다. 걱정 마시오."

이 모양으로 몰지각하게 폭백하니 함진해가 어이없어 좋은 말로 타이르고 사랑으로 나간 후에 최 씨가 전취 부인들이 살아 곁에 있는 듯이 강짜가 나서,

"할멈, 영감 말씀 좀 들어 보게. 아무리 사내 양반이기로 생각이 어쩌면 그렇게 들어가나?"

"영감께서 신귀가 그렇게 어두시답니다. 딱도 하시지, 돌아가신 마님의 역성을 그렇게 하실 것 무엇 있나? 마님, 영감께서 돌아가신 두 마님과 금실이 아주 찰떡 근원이시더랍니다. 아무리 그러셨기로 누가 그 마님들을 옥추경이나 읽어 무쇠 두멍에 가

두었나? 떠받들어 위하시기밖에 더 어떻게 하시라고?"

"여보게, 염려 말게. 저년들 무서워 천금같이 귀한 자식을 기르며 두고두고 그 성화를 받을까? 내일 모레 영감께서 송산 산소에 다니러 가시면 산역을 시키느라고 여러 날이 되신다대. 세차게 경을 잘하는 장님 대여섯만 불러 오게. 자네 말마따나 옥추경을 지독하게 읽어 움도 싹도 없게 가두어 버리겠네."

"에그, 너무나 잘 생각하셨습니다. 조금 박절하지만, 두고두고 성가시럽게 구는데, 시원하게 처치하여 버리시지. 아무리 귀신이기로 심사를 바로 가지지 아니하고 살아 계신 양반에게 말만 이르니 박절할 것도 없습니다."

"장안에 어디 있는 장님이 그중 영한구? 이 근처 돌팔이 장님들은 쓸데없어."

"아무렴, 그렇고말고요. 돌팔이 장님은 무엇에 쓰게요? 제까짓 것들이 그 귀신을 가두기커녕 범접이나 해 보겠습니까, 덧들이기나 하지. 장님은 복차다리 사는 정장님이 아주 제일이라고들 하여요."

"그러면 그 장님을 불러다 일을 하여 보세."

약속을 단단히 하고 손가락을 꼽아 기다리다가 남편이 길을 떠난 후 경을 며칠을 읽었던지 이 씨 여귀, 박 씨 여귀를 잡아 가두는 양을 눈으로 현연히 보는 듯이 최 씨 마음에 시원 상쾌하여 누워 자는 아들의 등을 뚝뚝 두드리며 말도 못 하는 아이더러 알아들을 듯이 이야기를 한다.

"만득아, 시원하지? 만득아, 상쾌하지? 너의 전 어머니 귀신들을 다 가두어 버려서 다시 못 오게 하였다. 으응, 어머니는 그까짓 것들이 네게 무슨 어머니? 죽은 고혼이라도 어머니 노래를 들어 보려면 그까지로 행세를 했을까? 만득아, 그렇지, 응응. 인제는 앓지 말고 잘 자라서 어미가 애쓴 본의 있게 하여라, 응응. 에그, 그것이야 엄전하게 잘도 자지."

하며 입을 뺨에다 대고 쭉쭉거리는데, 안잠 마누라는 곁에 앉아 최 씨가 말하는 대로 어릿광대같이,

"그렇고 말고, 마님 말씀이 꼭 옳으시지. 어머니 노릇을 하려면 그까지로 행실을 했겠습니까?"

만득이 볼기짝을 저도 뚜덕뚜덕하며,

"아가, 어머니 말씀을 다 들었니? 이다음에 어머니께 효성스러운 자손이 되고 할멈도 늙게 호강시켜 다고."

만득의 나이가 장성하여 말을 아니 듣는 듯이 최 씨가 꾸지람을 옳게 한다.

"오, 이놈, 어미가 애쓴 본의 없이 뜻을 거스르든지 할멈이 길러 준 공을 모르고 잘살게 아니하여 주어 보아라. 내 솜씨에 못 배길라."

이 모양으로 주거니 받거니 지각 반점 없이 지껄여 가며, 대원수가 되어 십만 대병을 거느리고 적국을 한 북소리에 쳐 없앤 후 개선가나 부른 듯이, 날마다 둘이 모여 앉으면 그 노래 부르기로 세월을 보내더라.

연때가 맞느라고 하루 빤한 날 없이 잔병치레로 유명한 만득이 경을 읽은 이후로는 안질 한 번 안 앓고 잘 자라니, 최 씨 마음에 정장님은 천신만 싶어 만득이 먹고 입는 일동일정을 모두 그가 지휘하는 대로 남의 집 음식도 아니 먹이고, 색다른 천 끝도 아니 입혀, 본래 구기가 한 바리에 실을 짝이 없던 터에 얼마쯤 가입을 하였는데 그 명목이 썩 많으니,

세간 놓는 데 손보기
음식 보면 고수레하기
새 그릇 사면 쑥으로 뜨기
쥐구멍을 막아도 토왕 보기
닭을 잡아도 터주에 빌기
까마귀만 울어도 살풀이하기
족제비만 나와도 고사 지내기

이와 같이 제반 악징을 다 부리는데 정안수 그릇은 장독대에

서 떠날 때가 없고, 공양미 쌀박은 어느 산에 아니 가는 곳이 없으며, 심지어 대소가 사이에 상변이 있으면 백 일씩 통치 아니하기는 예사로 하더라.

　우리나라에 의학이 발달하지 못하여 비명에 죽는 병이 여러 가지로되 제일 무서운 병은 천연두라. 사람마다 으레 면하지 못하고 한 번씩은 겪어 고운 얼굴이 얽기도 하며, 눈이나 귀에 병신도 되고, 종신지질(終身之疾) 해소도 얻을뿐더러, 열에 다섯은 살지를 못하는 고로 속담에 '역질을 아니한 자식은 자식으로 믿지 말라.'는 말까지 있은즉, 그 위험함이 다시 비할 데 없더니, 서양 의학자가 발명한 우두법을 배워 온 후로 천연두를 예방하여 인력으로 능히 위태함을 모면하게 되었건마는, 누가 만득도 우두를 넣어 주라 권하는 자가 있으면 최 씨는 열 스무 길을 뛰며 손을 홰홰 내어젓고,

　"우리 집에 와서 그대 말은 하지도 마오. 우두라 하는 것이 다 무엇인가? 그까짓 것으로 호구별성(戶口別星)을 못 오시게 하겠군. 우두 한 아이들이 역질을 하면 별성 박대한 벌역으로 더구나 중하게 한답디다. 나는 아무 때든지 마마께서 우리 만득에게 전좌하시면 손발 정히 씻고 정성을 지극하게 들이어서 열사흘이 되거든 장안에 한골 나가는 만신을 청하고, 입담 좋은 마부나 불러 삼현육각에 배송 한 번을 쩍지게 내어 볼 터이오. 우

리가 형세가 없소? 기구가 모자라오?"

하며 사람마다 올까 봐 겁이 나고 피해 가는 역질을, 어서 오기를 눈이 감도록 고대하더니, 함 씨의 집안이 결딴이 나려는지 최 씨의 소원이 성취가 되려는지 별안간에 만득의 전신이 부집 달 듯하며 정신을 모르고 앓는데 뽀얀 물 한 술 아니 먹고 늘어졌으니, 외눈의 부처같이 그 아들을 애지중지하는 함진해가 오죽하리요. 김 주부를 청하여라, 오 별제를 불러라 하여 맥도 보이고 화제도 내어, 연방 약을 지어다 어서 달여 먹이라 당부를 하니, 함진해 듣고 보는 데는 상하노소 물론하고 분주히 약을 쉴 새 없이 달이는 체하다가, 함진해만 사랑으로 나가면 그 약은 갖다 보아라 하고 귀신 노래만 부르는데, 그렁저렁 삼 일이 지나더니, 녹두 같은 천연두가 자두지족(自頭至足)에 빈틈없이 발반이 되었는데, 붉은 반은 조금도 없고 배꽃을 이겨 붙인 듯하더니, 팔구 일이 되면서 먹장을 갈아 끼얹은 듯이 흑함이 되며 숨결이 턱에 닿았더라. 역질이라는 병은 다른 병과 달라, 증세를 보아 가며 약 한 첩에 죽을 것이 사는 수도 있고, 중한 것이 경해도 질 터이어늘, 최 씨는 약은 비상국만치 여기고 밤낮 들고 돌아다니는 것이 동의 정안수뿐이니 이는 자식을 아편이나 양잿물을 타 먹이지 아니하였다 뿐이지, 그 죽도록 한 일은 조금도 다를 것이 없어, 불쌍한 만득이 지각없는 어미를 만나 필경 세상을 버렸더라. 아무라도 자식이 죽어 서러워 아니할 이는 없으려니와 최 씨는 설움이 나도 수선스럽게 배포를 차리는데,

"그것이 그 모양으로 덧없이 죽을 줄이야 어찌 알아……. 인간은 몰라도 무슨 부정이 들었던 것이지……. 허구한 날 눈에 밟혀 어찌 사나……. 한이나 없게 큰 굿을 해 보았더면 좋을걸. 영감이 하도 고집을 하니까 마음에 있는 노릇을 해 볼 수나 있어야지……. 제가 좋은 곳으로나 가게 용산 나아가서 지노귀새남이나 하여 주어야……."

그다음에는 목을 놓아 울어 대는데 노파는 덩달아 울며,

"마님, 그만 그치십시오. 암만 우시면 한 번 길이 달라졌는데 다시 살아옵니까? 마님 말과 같이 새남이나 하여 저승길이나 열어 주시지. 그렇지만 마마에 간 아이는 진배송을 내어야 이다음에 낳는 자손도 길하답니다."

"자네 말이 옳은 말일세. 나도 번연히 알면서 미처 생각지 못했네그려. 여보게, 우리 단골더러 진배송을 한 번 좀 잘 내 달라고 불러 주게. 영감도 생각이 계시겠지. 고집 세우다 일을 저질러 놓고 또 무엇이라 하시겠나? 내가 죽더라도 하고 말 터이니 그 염려는 말고 어서 가 보게."

노파가 살판이나 만난 듯이 경둥경둥 뛰어 대묘골 모퉁이로 감돌아들더니 조그마한 평대문 집으로 서슴지 아니하고 들어

가며,

"만신 계십니까? 만신 계셔요?"

안방문이 펄덕 열리며 얼굴에 아양이 다락다락하는 여인이 끼웃이 내어다보며,

"이게 누구시오? 어서 오시오."

하며 손목을 다정히 끌고 안방으로 들어가더니,

"그 댁 아기가 구태나 멀리 갔다구려. 나는 벌써부터 그럴 줄 알면서도 박절히 바로 말을 못 했소. 그래, 어찌해 오셨소? 자리걷이를 하신다고 나를 불러오라십드니이까?"

"자리걷이가 아니라 진배송을 내신다고 제구를 다 차려 가지고 내일로 오시라고 하십디다."

하며 앞뒤를 끼웃끼웃 둘러보며,

"누구 들을 사람이나 없소?"

"아무도 없소. 걱정 말고 세상없는 말이라도 다 하시오."

"만신……. 지금 세상에 상전의 빨래를 해도 발뒤꿈치가 희다 하는데, 이런 판에 좀 먹지 못하고 어느 때 먹소? 나 하라는 대로만 다 하고 보면 전 천이나 잘 떼어먹을 터이오."

"아무렴, 먹는 것은 어디로 갔든지 마누라님 지휘를 내가 아니 들으며, 또 돈이 생기기로 내가 마누라님을 모르는 체하겠소? 그대 말은 하나 마나 무슨 일이오? 이야기나 하시구려."

노파가 앞으로 다가앉으며 만득이 병중에 하던 말과 찾던 것을 낱낱이 형용하여 이르고 무어라 무어라 한동안 지껄이더니,

"꼭 되지 아니했소? 그렇게만 하고 보면 세상없는 사람도 깜짝 반하지."

"아니 될 말이오. 그 모양으로 어설프게 해서 큰 돈을 먹어 보겠소? 별말 말고 내 말대로 합시다."

"아무렇게 하든지 일만 잘하구려."

"내야 사흘이 멀다 하고 그 댁을 북 드나들듯 하였으니 세상없이 영절스러운 말을 하기로 누가 믿겠소? 마누라님도 아마 아실걸. 저 국수당 아래에 있는 김 씨 만신이 배송을 잘 내기로 소문나지 아니했소? 지금으로 내가 그 만신을 가 보고 전후 부탁을 단단히 할 것이니 마누라님은 댁으로 가서 마님을 뵈옵고 곧이들으시도록 꾸며 대구려."

"옳소, 그것 참 되었소. 그 만신 소문을 우리 마님도 들으시고 그러지 아니해도 일상 한 번 불러 보시든지 가 보신다고 하시면서도 혹 단골이 노여워하면 어찌하리 하시고 계신 터인데, 당신이 천거하더라고 여쭙기만 하면 얼마쯤 좋아하실 것이오. 마님께서 기다리실 터이니까 나는 어서 가야 하겠소. 김 만신 집에 즉시 가 보시오."

하고 두어 걸음 나아가다가 다시 돌아서며,

"김 씨 만신이 좋기는 하오마는, 나와는 생소하니 다 알아서 부탁하여 주시오."

"그만만 해도 다 알아듣소. 염려 말고 어서 가시오."

이 모양으로 별순검이 변을 쓰듯 끝만 따 수작을 하고 노파의 마음이 든든하여 집으로 돌아오더니 최 씨를 보고 언구럭을 피우는데,

"마님, 다녀왔습니다. 아마 대단히 기다리셨을 것이오. 얼른 다녀온다는 것이 그렇게 되었습니다."

"늙은 사람 행보가 자연 그렇지. 그에서 더 속히 올 수 있나? 그래, 단골더러 내일 오라고 일렀나?"

"단골이 오는 것이 다 무엇입시오? 제가 앓아서 거진 죽게 되었는데요."

"그러면 어떻게 한단 말인가?"

"마님, 일상 말씀하시던 국수당 만신이 하도 소문이 났기에 지금 가서 내일로 일을 맞추고 왔습니다."

"국수당 만신이라니, 금방울 말인가?"

"네네, 금방울이올시다."

금방울의 별호 해제를 들으면 요절을 아니할 사람이 없으니, 얼굴이 누르퉁퉁하여 금빛 같다고 금이라 한 것도 아니요, 키가 작아 떼굴떼굴 굴러다니는 것이 방울 같다고 방울이라 한 것도

아니라. 그 무당의 입에서 떨어지는 말이 길흉간 쇳소리가 나게 맞는다고 소리 나는 쇠로 별호를 지을 터인데 쇠에 소리 나는 것이 하고 많지마는 종로 인경이라 하자니 너무 투미하고, 징이나 꽹과리라 하자니 너무 상스러워, 아담하고 어여쁜 방울이라 하였는데, 방울 중에도 납방울, 시우쇠방울, 은방울 여러 가지 방울이 있으되, 썩 상등으로 대접하느라고 금방울이라 하였으니, 금이라는 것은 쇠 중에 일등이 될 뿐 아니라 그 무당의 성이 김가니, 김은 즉 금이라고 이 뜻 저 뜻 모두 취하여 금방울이라 하였더라.

금방울의 소문이 어떻게 났던지 남북촌 굵직굵직한 집에서 단골 아니 정한 집이 없어, 한 달 삼십 일, 하루 열두 시, 어느 날 어느 때에 두 군데, 세 군데 으레 부르러 와, 몸뚱이가 종잇장 같으면 이리저리 찢어지고 말았을 터이러라. 원래 무당이라 하는 것은 보기 좋게 춤이나 잘 추고 목청 좋게 소리나 잘 하고 수다스럽게 지껄이기나 잘하면 명예를 절로 얻어 예 간다 제 간다 하는 법인데, 금방울은 한때 해 먹고 살라고 하느님이 점지해 내셨던지 그 여러 가지에 한 가지 남의 밑에 아니 들 뿐더러 남의 눈치를 잘 채우고, 남의 말을 잘 넘겨짚고, 아양, 능청까지 온갖 재주를 구비하였는데, 함진해 마누라가 무당을 좋아한다는 소문을 듣고 어떻게 하면 한 번 어울려 들어 그 집 세간을 홀쭉

하도록 빨아먹을꼬 하고 아라사 피득 황제가 동양 제국을 경영하듯 하던 차에, 함진해 집에서 부른다는 말을 듣고 다른 볼일을 다 제쳐 놓고 다방골로 내려와 함 씨 집 안방으로 들어오며 첫대 앙큼스러운 거짓말을 한 번 내어놓는데, 최 씨는 아들 참척을 보고 서러우니 원통하니 하는 중에도 금방울의 말이 어떻게 재미가 있는지 오줌을 잘곰잘곰 쌀 지경이라.

"세상에 이상한 일도 있어라. 예 없던 신그릇에서 방울이 딸딸 울며, 두 어깨에 짐이 잔뜩 실리더니, 제 집에 뫼신 호구 아기씨께서 인도를 하시기에 꿈결인지 잠결인지 한 곳을 가 보았더니, 집 모양이든지 방 안 세간이 놓인 것까지 영락없이 댁일세. 신통도 해라."

최 씨는 미처 대답도 하기 전에 노파가 한 번 더 초를 쳐서 찰떡 반죽하듯 한다.

"꿈도 영검하셔라. 만신이 댁과는 적지 아니한 연분이시구려. 마님께서는 그런 현몽하신 바는 없으셔도 일상 마음이 절로 키어서 만신을 보시고 싶다 하셨다오."

"만신의 나이가 손아래일 듯하니 처음 보아도 서어하지 않도록 하게 하겠네. 지금 할멈도 말했지마는 어찌해 그런지 일상 만신이 보고 싶더니 좋은 일에 청해 오지 못하고. 에구에구……. 팔자가 사나워 열 소경의 한 막대 같은 자식을 죽이어

굿은일에 청하였네그려. 에구에구……. 끔찍스러운 일을 보고 모진 목숨이 살아 있기는 그 자식의 저승길도 맑혀 주려니와 더러운 욕심이 무슨 낙을 다시 볼까 하지, 에구에구…….”
하더니 노파를 부른다.

"할멈, 어서 배송 제구를 차려 놓고 사랑에 나아가 영감께 내 말로 여쭙게.”

"제구는 어제 다 장만한 것을 또다시 차릴 것이 있습니까마는 영감께 무엇이라고 여쭈랍시오? 걱정이나 듣게요.”

"걱정은 무슨 걱정을 하신단 말인가? 내 말대로 이렇게 여쭙게. 역질에 죽은 아이 진배송을 아니 내어 주면 원귀가 되어 다시 환토를 못할뿐더러, 이다음에 낳는 아기께도 길하지 못한 일이 생긴다니, 그것이 참말이나 거짓말이나 알고서야 그대로 있을 수 없습니다. 자세히 여쭙되, 처음에 걱정을 좀 하신다고 멀찍이 돌아서지 말고 알아들으시도록 말씀을 하게. 그래서 정 아니 들으신대도 나는 그래도 시작하겠네.”

노파가 사랑으로 나아가 한나절을 서서 핀잔을 먹어 가며 어떻게 중언부언하였던지 함진해가 슬며시 못 이기는 체하고 드러누우니, 이는 노파의 말솜씨가 소진장의(蘇秦張儀) 같아 속아 넘어간 것도 아니요, 이치가 그러한 듯하여 어기지 못하리라 한 것도 아니라. 어리석은 생각에 자기 마누라 뜻을 너무 거스르다

가 감정이 더럭 나면 집안에 화기를 잃을 지경이라 하여 혼자 하는 말로,

"계집이라는 것은 편성이라, 옳고 그르고를 너무 억제하게 되면 저 잘못하는 것은 모르고 야속한 생각만 날 터이요, 또 요사이 몹쓸 경상을 보고 울며 불며 하는 터이요, 나 역시 아무 경황이 없어 세상사가 귀찮다."

하고 할멈의 말을 잠잠히 듣다가,

"아무 짓이든지 하고 싶은 대로 하라게그려. 말리지 아니하겠네."

노파가 그 말 한마디를 듣더니 엉덩이춤이 절로 나서 열 걸음을 한걸음에 뛰어 들어오며,

"마님, 인제는 걱정 마옵시오. 영감께서 허락을 하셨습니다. 만신, 마음 턱 놓고 징, 장구를 울려 가며 진배송이나마 산배송 다름없이 마님 속이 시원하시게 잘 지내 주오."

금방울이 신옷을 내어 입고 장단을 맞추어 춤 한바탕을 늘어지게 추다가 맴 한 번을 뺑뺑 돌며, 왼손에 들었던 방울을 쩔레쩔레 흔들더니 숨 한 번을 오려 논의 새를 쫓듯 위이 쉬고서 공수를 주되, 호구별성이 금방 온 듯이 최 씨를 불러 세우고 수죄를 하는데, 세상 부정이 모두 돌아다 함진해 집에다 퍼부은 듯이 주워섬긴다.

"어허, 괘씸하다! 최 씨 계주야, 네 죄를 네 모를까? 별성행차를 몰라보고 물로 들어 수살 부정, 불로 들어 화살 부정, 거리거리 성화 부정, 아침저녁 주왕 부정, 사람 죽어 상문 부정, 그릇 깨져 악살 부정, 쇠털같이 숱한 부정을 아니 범한 것이 없구나. 앉아서 삼천리요, 서서는 구만리라. 너의 인간은 몰라도 내야 어찌 속을쏘냐. 어허, 괘씸하다! 네 죄를 생각거든 네 아들 데려간 것을 원통타 말아라."

이때 최 씨와 노파는 번차례로 나서서 손바닥을 마주 대어 가슴 앞에 높이 들고 썩썩 비비면서 입담이 매우 좋게 비는데,

"허하고 사합시사. 인간이라 하는 것이 쇠술로 밥을 먹어 아무것도 모릅니다. 여러 가지 부정을 다 쓸어 버려서 함 씨 가중을 참기름같이 맑혀 줍소사. 입은 덕도 많삽거니와 새로 새 덕을 입혀 주사, 죽은 자식은 연화대로 인도해 주시고 새로 낳는 자손을 수명 장수하게 점지해 줍시사."

금방울이 또 한 번 춤을 추다 여전히 맴을 돌며 휘이 휘 소리를 하더니 황주, 봉산 세청 미나리 곡조같이 노랑목을 연해 넣어 가며 넋두리가 나오는데 최 씨 마음에는,

'아마 만득이 넋이 돌아왔거니.'

싶어 제가 살아오나 다름없이 소원의 일이나 물어 보고 원통한 말이나 들어 보겠다고 하고 바싹바싹 들어서더니, 천만뜻밖에

다시 오려니 생각도 아니하였던 귀신이 왔더라.

금방울의 두 눈에는 눈물이 더벅더벅 떨어지며,

"에그, 나 돌아왔소. 이 집에 인연지고 시운진 내오. 에그, 할멈, 나를 몰라보겠나? 아, 삼 년 석 달 병들어 누웠을 때 단잠을 못다 자며 지성으로 구완해 주던 자네 은공, 죽은 넋이라도 못 잊겠네, 에. 침방에 있는 반닫이 안에 나 시집올 때 가지고 온 은반상이 있으니 변변치 않으나, 그것이나 갖다가 내 생각하여 가며 받아먹게, 에. 에그, 원통해라, 아! 정도 남다르고 의도 남다르더니 한 번 죽어지니까 속절이 없고나."

이때 구경하는 집안 식구들이 제각기 수군거리는데 어떤 계집은,

"여보 형님 형님, 저게 누구의 넋이 들었소? 아마 재취 마님이지."

어떤 계집은,

"아닐세, 은반상 해 가지고 오셨다는 것을 들어 보게. 초취 마님이신가 봐. 이별제 댁이 부자로 사시는 때문에 그 마님 시집오실 제 퍽 많이 가지고 오셨다대. 재취 마님 친정은 억척 가난하여서 이 댁에서 안팎을 싸 오셨는데 은반상이 다 무엇인가? 질그릇도 못 가져왔다네."

어떤 계집은,

"아주머니 말씀이 옳소. 영감마님과 금실도 초취 마님이 계셨지. 재취 마님과는 나무공이 등 맞춘 것같이 삼 년이나 사시며 말 한마디 재미있게 해 보셨소?"

그중의 한 계집은 여러 사람이 이야기하는 것을 한편으로 들어 가며 행주치마 자락을 접어 들고 두 눈에는 샘솟듯 나오는 눈물을 이리 씻고 저리 씻고 흑흑 느껴 우는데, 이때 최 씨는 눈꼬리가 실쭉하여 아무 말도 아니하고 섰다가 혀를 툭툭 차며,

"저렇게 원통한 것을 누가 죽으라고 고사를 지냈나? 이년 삼랑아, 보기 싫다. 너는 죽은 사람만 밤낮 못 잊어, 아이 때부터 드난을 했나니, 무던한 심덕을 못 잊겠나니 하며, 산 나는 쓴 외 보듯 하는 터이니 공연히 소요스럽게 울고 섰지 말고 저렇게 왔을 때에 아주 따라가려무나. 할멈, 나가서 영감 여쭙게, 귀신이 보고 싶다네. 그 소원이야 못 풀어 주겠나?"

함진해가 집안에서 똥땅거리는 것이 듣기 싫어 의관을 내려 입고 친구 집에 가서 바둑이나 두다 오려고 막 나서다가 할멈이 나와 큰마누라의 혼이 들어와 청한다는 말을 듣고 속종으로,

'이런 미친 무당년도 있나? 여인들을 속이다 못하여 나까지 속여 보려고. 대관절 그년의 거동을 구경이나 해 보아, 정 요사스럽거든 당장 내어쫓으리라.'

하고 노파 뒤를 따라 안으로 들어오며,

"우리 죽은 마누라가 어디 왔어, 응?"

그 말이 채 그치기 전에 넋두리하던 무당이 마주 나오며 대성통곡하더니, 함진해의 입이 딱 벌어지며 혀가 홰홰 내둘리게 수작이 나온다.

"에그 영감, 나를 몰라보오, 오? 아무리 유명이 달라졌기로 어쩌면 그다지 무정하오, 오? 나 병들었을 때에 무엇이라고 하셨소, 오? 십 년 동거하던 정을 버리고 왜 죽으려 드느냐고 저기 저 창 밑에서 더운 눈물을 더벅더벅 떨어뜨리시던 양을 보고 죽는 나의 뼈가 아프며 눈을 못 감겠더니, 이 눈이 꺼지지 않고 살이 썩지도 않아 밤낮 열나흘 경을 읽어 구천 응원이 호통을 하고 소거백마가 선봉이 되어 앞뒤에다 금사진을 치고 움도 싹도 없이 잡아 가두려 하였으니, 아무리 영감이 하신 일은 아니시나 인정에 어찌 모르는 체하오, 오? 간신히 자취를 숨겨 이 집을 떠날 제 원통하고 분한 생각이 어느 날 어느 때에 잊히겠소, 오? 이집 저집 엿보며 수수밥, 조죽 사발로 고픈 배를 채우면서 그동안 세월을 보내던 내오, 오."

그때 곁으로 왔던 무당이 별안간 손뼉을 치며 넋두리가 또 나오는데,

"에그, 나도 돌아왔소. 이팔청춘에 뒷방마누라가 되어 긴 한숨 짜른 탄식으로 평생을 마치던 박 씨 내오, 오. 여보 영감, 그

리를 마오. 살아서 박대하고 죽어서도 미워하여 밝은 세상을 보지도 못하게 경을 읽어 가두려 드오, 오. 에그, 지원극통해라, 아!"

하더니, 그다음부터는 둘이 병창을 하여 흑흑 느껴 가며,

"우리 둘이 전후취로 영감께 들어와 생전에는 서로 보지도 못했으나 고혼은 남과 달라, 아. 손목을 마주잡고 서러운 눈물이 마를 날 없이 전전걸식 다니다가 칠월 보름날 사시초에 베전 병문에서 영감을 만나 이 씨 나는 동남풍이 되고, 박 씨 나는 서북풍이 되어 두 바람이 모여 회오리바람이 되었소, 오. 영감의 가시는 길을 에워싸고 이리 돌고, 저리 돌고, 감돌고, 푸돌며 지접할 곳을 두루 찾더니 영감이 쓰신 저모립이 둥둥 떠나가 일 마장 밖에 떨어지기에 우리가 그 갓에 은신을 했더랬소, 오. 그 길로 영감을 따라 집에 돌아온 지 보름이 다 되도록 국내 장내 맡기만 했지, 떡 한 덩이 못 얻어먹었소, 오. 여봐라 최 씨야, 우리를 그렇게 박대하고 무사할 줄 알았더냐! 네 자식을 데려간 것을 원통타 말아. 별성마마께 호소하고 네 자식을 잡아 왔다."

상하노소 여인들이 서로 수군수군하며,

"에그, 저것 보아. 초취, 재취 두 마님이 모두 오셨네. 그런데 그게 무슨 소릴까? 영감더러 하는 말씀이 이상도 하지. 그러니까 댁 아기를 그 마님이 데려갔구려. 누가 그대 뜻이나 했을까?

경 읽어 가두면 다시 세상에 못 나오는 줄 알았더니 경도 쓸데 없어."

이 모양으로 공론이 불일한데 이 씨, 박 씨의 죽은 넋이 함진해의 산 넋을 다 빼갔던지 함진해가 금방울의 입만 물끄러미 건너다보고 두 눈에 눈물이 핑 돌며,

"허허, 무당도 헛것이 아니로군. 내가 베전 병문에서 회오리바람을 만난 것을 집안사람도 본 이가 없고 아무더러도 이야기한 적도 없는데 여합부절로 말하는 양을 본즉 귀신이라는 것이 있기는 있는걸."

하고 최 씨더러 책망하는데 함진해가 생각하기에는 예사로 하는 말이지마는 최 씨가 듣기에는 죽은 마누라 역성이 시퍼런 것 같더라.

"집안에서 나만 쌀쌀 기이고 못 할 짓이 없었군. 아무리 죽은 사람이기로 내 가속 되기는 일반인데, 어느 틈에 옥추경을 읽어 가두려 들었던고? 마음을 그렇게 독하게 쓰고서야 자식을 보전할 수가 있나?"

혀를 뚝뚝 차며 할멈 이하 여러 계집종을 흘겨보며,

"이년들, 아무리 마님이 시키기로, 내게는 한마디 고하는 년이 없고, 네 이년들, 견디어 보아라. 차후에 무슨 변이 또 있으면 그제는 한 매에 깡그리 때려죽일 터이다. 너희 년쯤 죽이면 귀

양밖에 더 가겠느냐?"

최 씨는 자기 남편이 하는 양을 보고 옥니가 뽀도독뽀도독 갈리며 강열이 바싹 치밀지만 부지중에 소원 성취된 일 한 가지가 있어, 분한 줄도 모르고 서러운 줄도 모르고 도리어 빌붙느라고 골몰중이니, 그 성취된 소원은 별것이 아니라 자기 남편이 무당이라면 열스무 길씩 뛰더니, 넋두리 한바탕에 고집 세던 응어리가 확 풀어지며 깜짝 반하는 모양이라. 인제는 쉬쉬할 것 없이 펼쳐 내어놓고 할 노릇을 한껏 해 보겠다 하고 목소리를 서늘하게 눅여 가며,

"영감, 내가 다 잘못한 일인데 하인들 걱정하실 것 있소? 집안에 우환이 하도 떠나지 아니하기에 그러면 나을까 하고 지각없는 일을 했구려. 그러기에 여편네지. 그렇지 아니하면 여편네라고 하겠소? 이다음부터는 집안만 편안하다면 이 씨, 박 씨 두 귀신을 내 등에 업어 모시기라도 하리다."

함진해의 위인이 이단을 물리치고 오도를 존숭하는 도학군자라든지 원소를 궁구하여 물질을 분석하는 물리 박사 같으면 물 같은 심계가 휘저어도 흐려지지 아니할 것이요, 산 같은 지조가 흔들어도 빠지지 아니할 터이지마는, 여간 주워들은 문견으로 점잖은 모양을 강작하여 무당 판수를 반대하던 것이, 첫째는 남이 흉볼까 함이요, 둘째는 인색에서 나옴이라. 실상은 의

심이 믿음보다 많아 귀신이 있는 듯도 하고, 없는 듯도 하던 차에, 없는 증거는 보지 못하고 있는 증거는 확실히 본 듯싶어서, 어서어서 회사를 발기하든지 학교를 설립하든지, 고금이나 보조를 청구하면 당장 굶고 벗는 듯이 엄살을 더럭더럭 하여 가며 한 푼 돈내기를 떨던 규모가, 별안간에 어찌 그리 희떠워졌는지 싸고 싸 두었던 이천 자채벼 작전해 온 돈을 아까운 줄 모르고 펄쩍 날라다 별비를 써 가며 무당 하는 대로 시행을 하는데, 눈치 빠른 금방울은 함진해가 하는 거동을 보고 새록새록 별소리를 다 지어내어 번연히 제 입으로 말을 하여 제 욕심을 채우면서도 저는 아무 상관없는 듯이,

"이 씨가 노자를 달라 한다.

박 씨가 의복차를 달라 한다.

당집을 짓고 위해 달라.

달거리로 굿해 달라."

하여 당장에도 빼앗고 싶은 대로 빼앗고 이다음까지 두고두고 우려먹을 거리까지 장만하는데, 거죽 인심을 푹 얻어 놓아야 아무 중병이 아니 나겠다 하고 만득이 넋두리를 대미처 하며 나를 업어 준 공으로 할멈은 무엇을 주고, 젖을 먹여 준 공으로 유모는 무엇무엇을 주고, 삼랑이, 은단이는 이것저것을 차례로 주라고, 어머니, 아버지를 연해 불러 가며 부탁을 하여 파산 선고당

한 집의 판셈하나 다름없이 집어내려 들더라.

싸리말 짚오쟁이에 홍양산수팔연을 갖추어 입담 좋은 마부놈이 마부 타령을 거드럭거려 하며 호구별성을 모시고 나가는데, 그림자나 흔적도 없는 치행에 찾는 것이 어찌 그리 많은지 형형색색으로 섬길 수 없는 중, 대은전쾌를 지어 말 워낭을 달아라, 세백목필을 채어 마혁을 달아라, 마량을 달라, 대갈갑을 달라, 요기차·신발차 등속을 달라는 소리가 한 끈에 줄줄 이었더라.

그전에는 최 씨가 안잠 마누라를 데리고 역적모의하듯 그대 소문이 날세라, 그대 눈치가 보일세라 하여 가며 집안 망할 짓을 하더니, 인제는 도리어 자기 남편이 알지 못할까 봐 겁을 내고, 함진해는 그런 말을 듣기가 무섭게 내 집에 쓰던 돈이 없으면 남에게 빚을 내어다라도 그 시행은 하고야 마는데, 장안 만호 집집마다 날 곧 밝으면 개문하니 만복래로 떡떡 열어젖혀, 가까운 친척이나 정다운 친구들이 나오기도 하고 들어가기도 하건마는, 밤이나 낮이나 잠시 아니 열어 놓고 안으로 빗장을 굳게 질러 적적히 닫아 두는 대문은 함진해 집이라. 그 집 대문을 왜 그렇게 닫아 두었는고 하니, 매삭 초하루 보름으로 고사도 지내고, 기도도 하느라고 부정한 사람이 내왕할까 염려하여 대문 주초 앞에 황토를 삼태로 퍼부어 두고 좌우 설주에 청솔가지를 날마다 꽂아 두건마는 그 사정을 모르는 사람은 종종 들어오는 고로, 그 폐단을 없이하느라 그 문을 아주 닫은 것이더라.

하루는 황혼이 될락 말락 하여 대문에서 벼락 치는 소리가 나며 노파가 들어오더니, 최 씨 입에서 사북 개천 같은 욕설이 나오는데,

"그 양반이 왜 그리 성가시게 굴어? 그것 참 심상치 아니한 심사야. 죽어서 꽁지벌레밖에 안 될걸. 그 모양이니까 나이 사십이 불원하도록 초사 하나 못 얻어 하고 비렁뱅이 꼴로 돌아다니지. 남 잘사는 것이 자기 못사는 것보다 더 배가 아픈 것이로군."

"왜 그 상제님이 남이십니까? 남도 아니신데 그러시니까 딱하시지요."

"일가 못 된 것은 남만도 못하다네. 친형인가, 친아우인가? 사촌부터야 남이나 질 것이 무엇인가? 에그, 나는 일가도 귀찮고 당내도 성가시러워. 모두 일본이나 아라사로 떠나가기나 했으면 이 꼴 저 꼴 아니 보겠네."

함진해는 영문도 모르고 저녁밥을 먹으러 들어오다가 그 광경을 보고,

"왜 누가 어찌했길래 그리하오? 떠들지 않고는 말을 못 하오? 요란스럽소."

"누구는 누구야요? 진위 상제님인지 누구인지, 날송장을 주무른 지가 석 달 열흘도 못 되고서 아무리 대소가이기로 무엇하러 와서 대문이 닫혔으면 고만이지, 발길로 박차고 들어올 것이 무엇이란 말이오? 번연히 알며 심사 부리는 것이지. 에그, 이 노릇을 어떻게 하나! 두 달 반이나 들인 공이 나무아미타불이 또 되었지. 삼신맞이를 하려면 번번이 이렇게 재앙이 드니, 우리 팔자에 자식이 아니 태었는지 삼신 제왕이 아무리 점지하시려니 이 모양으로 인간 부정이 있으니까 괘씸히 보시지 아니할 수가 있나?"

함진해가 입맛을 쩍쩍 다시고 남이 듣게 말은 아니해도 속종으로는 부인의 말을 조금도 반대 없이 자기 사촌을 긴치 않게 여겨서,

"사람도, 지각 날 나이가 되었건만, 응! 글자가 그만치 똑똑하여 각색 사리를 알 만한 것이 술을 곧 먹으면 방정을 떨어! 어, 방정을 떨면 제 집에서나 떨지, 내 집에까지 와서 왜?"

입맛을 또 한 번 쩍쩍 다시고 앉았다가 소리를 버럭 질러,

"삼랑아, 네 나가서 보아라, 작은댁 상제님인지 누구인지 갔나, 그저 있나? 그저 있거든 내서 들어오지 말고 냉큼 가라 하더라고 일러라."

삼랑이 대답을 하고 중문간을 막 나가는데 상제 하나가 추포

중단에 새 방립을 숙여 쓰고 휘적휘적 들어오다가 삼랑을 보고,

"영감 어디 계시냐?"

"아낙에 계신데, 밖에 상제님이 오셨다는 말씀을 들으시고 들어오실 것 없이 바로 가시라 하셔요."

"들어오지 말라고, 들어오지 말라고? 왜 들어오지 말라고?" 하며 삼랑이 말은 다시 대꾸도 아니하고 바로 안마루 위를 썩 올라서며, "형님!" 한 마디를 부르더니 대성통곡을 드러내 놓으니, 함진해는 가슴이 덜컥 내려앉으며 어기가 질려 아무 말도 못 하고, 최 씨는 독이 바싹 나서 아랫목에 앉았는 채 내어다보지도 아니하고 악만 바락바락 쓴다.

"왜, 와서 울어요? 왜 와서 울어요? 멀쩡한 집안에 왜 와서 울어요? 우리 집에서도 초상난 줄 아시오? 아무리 대소가 간이기로 깃옷을 입고 구태여 들어오실 것이 무엇이오?"

이 모양으로 수숙간 체통은 조금도 없이 무지막지하게 말을 하니, 전 같으면 함진해가 자기 부인을 적지 아니 나무라고, 사촌이 우는 것을 좋은 말로 만류하였을 터이지마는, 사람의 심장이 변하기로 어쩌면 그렇게 변하였는지, 사촌이라도 친형제나 다름없이 자별하던 우애를 꿈에도 생각지 아니하고 영창을 메붙이며,

"이놈아, 내 집에 와서 울 곡절이 무엇이냐? 서러우면 네 집

상청에서나 울지. 나이 사십이 불원한 것이 방갓 귀를 처뜨리고 돌아다니며 먹을 것만 여겨 술만 퍼먹고 주정은 왜 내게 해? 나는 네 주정받이 하는 사람이냐?"

 그 상제의 선친은 곧 진해의 작은삼촌 함지평이라. 육십지년이 되도록 분호를 아니하고 백 씨와 일문 동거하여 화기가 더럭더럭 하였고, 백 씨가 돌아간 뒤에도 그 조카 함일덕의 공부도 시키고 살림 뒷배도 보아 주느라고 곁집을 사 들고 하루도 몇 번씩 큰 집에 와서 대소사 분별을 하여 주더니, 최 씨가 삼취 질부로 들어온 후로 열 가지 일이면 아홉 가지는 뜻에 맞지 아니하여 한두 번 이르고 나무라다 점점 의만 상할 지경이라. 차라리 멀찍이 가서 살아 눈에 보고 귀에 듣지 아니하려고 진위로 낙향하였더니, 수토가 불복하여 그렇던지 우연히 병이 들어, 장근 삼 년에 신접살이 변변치 못한 재산이 여지없이 탕패할뿐더러 필경 백약이 무효하였는데, 그 아들 일청은 성품이 경직하여 사리에 조금이라도 온당치 아니한 것을 보면 듣는 사람이 싫어하든지 미워하든지 도무지 고기 아니하고 바른말을 푹푹 하는 터이라. 그 사촌의 심정이 변하여 범백처사(凡百處事)하는 양을 보고 부화가 열 길씩은 부풀어 올라오지마는 자기 부친이 집안에 화기가 손상할까 하여 매양 만류함을 거역하기 어려워 꿀떡꿀떡하고 지내더니, 급상을 당한 후 부고를 전인하여 보냈더니 그 부고를 받아들이지도 아니하고 대문 밖에서 도로 쫓아 보내며, '상가를 통치 아니할 일이 있으니 아무리 박절하여도 백 일이 지난 후라야 내려오겠다.' 하는 말로만 일러 보내고, 초종 장례를 다 지내고 졸곡까지 지내도록 현영이 없는지라. 일청이 분한 생각대로 하면 성복 안이라도 뛰어 올라가 손위 사촌이라 할 것 없이 한바탕 들었다 놓고 싶지마는, 행세하는 처지에 초상상제가 상청을 떠날 수도 없고, 그러노라면 남에게 일문이 불목하다는 비소도 받을 터이라 참고 또 참아, 누가 종씨는 어찌하여 아니 내려오느냐 하게 되면 신병이 위중하니, 먼 곳에 출입을 했느니, 별별 소리를 다 꾸며 대어, 아무쪼록 뒤덮어 가며 그렁저렁 졸곡을 지낸 후에 질문 한 번을 단단히 해 보려고 벼르고 별러 올라왔더니, 자기 사촌의 집 대문을 닫아걸고, 천호만호(千呼萬呼)하여도 알고 그리했든지 모르고 그리했든지 도무지 대답이 없다가, 노파가 마침 붉은 함지에 노란 식지를 덮어 머리에 이고 나오다가 자기를 보고 깜짝 놀라며,

"상제님, 무엇하러 오셨습니까? 댁에 아기를 비시느라고 칠성 기우를 하시는데 백 일이 한 보름밖에 아니 남았습니다. 들어가시지 말고 달이나 가시거든 올라오십시오."

하고 생면부지 과객 따돌리듯 하려 드니 함상인이 분이 날 대로 나서,

"무엇이 어쩌고 어찌해? 칠성 기우를 하기에 그렇지, 팔성 기우쯤 하더면 천일 부정을 볼 뻔했네그려. 부정은 누가 똥칠하고 다닌다던가? 자네가 명색이 무엇인데 누구더러 가거라 오거라, 어어, 아니꼬워."

노파가 최 씨의 셋줄만 믿고 함상인을 터진 꽈리만치도 못 알고 홀뿌릴 대로 홀뿌려 인사 도리가 조금도 없이,

"늙은 사람더러 아니꼽다고? 초상상제가 부정하지 않으면 무엇이 부정한고? 양반은 법도 없나? 큰댁에서 자손이 없어 기우를 한다면 들어오라고 하신대도 도로 가실 터인데, 들어오시지 말라는데 부득부득 우기실 것이 무엇인고? 생각대로 합시오그려. 우리게 상관이 있습니까?"

다시는 말해 볼 새 없이 안으로 들어가니, 함상인이 본래 성미가 괄괄한 터에 그 구박을 당하매 어찌 기가 막히지 아니하리오. 자기 종씨에게 들어가 보고 가슴에 서려 담아 두었던 책망도 절절이 하고, 노파의 분풀이도 시원하게 하려 들었더니, 입 쩍 한마디 해 볼 새 없이 최 씨가 악쓰는 소리를 듣고 설움이 북받쳐 올라오니, 이는 상제의 몸이 되어 망극한 생각이 새로이 나는 것도 아니요, 자기가 박대를 받아 원통코 분해서 그리하는 것도 아니라. 수십 대 상전하여 오던 대종가가 최 씨 수중에 망하는 일이 지원절통(至冤絶痛)하여 인사 여부도 할 새 없이 마

룻바닥을 주먹으로 치며 대성통곡을 드러내어 놓은 것이라.

한참을 울다가 최 씨가 포달 부리는 것을 듣고 분나는 대로 하면 다갱이가 깨지도록 적벽대전(赤壁大戰)이라도 할 터이나, 차마 수숙간 체통을 아니 볼 수 없어 아무 말도 못 하고 있다가 사촌 만불근리하게 꾸짖는 말을 듣더니 최 씨에게 할 말까지 한데 얼뜨려 말대답이 나온다.

"형님 마음이 변하셨소, 본래 그러시오? 내 아버지는 형님의 작은아버지시요, 형님 아버지는 내 큰아버지신데, 내 아버지가 돌아가셨는데 졸곡이 다 지나도록 영연일곡(靈筵一哭)을 안 하오? 큰아버지가 돌아가셨을 때에는 내가 철을 몰랐소마는, 만일 지금같이 장성하여서 현영을 안 하게 되면 형님 생각에 매우 잘한다 하실 터이오? 기도는 무슨 기도요? 기도를 하면 인사 도리도 없소? 펄쩍 기도 잘하는 집이 잘되는 것 못 보았소."

함진해는 양심이 과히 없던 사람은 아니라, 손아래 사촌일지언정 바른말을 하니 무엇이라 대답할 말이 없어 못 들은 체하고 있는데 최 씨가 혀를 툭툭 차고 벌떡 일어나더니 자기 남편을 흘겨보며,

"에, 무능도 하오. 손아래 사람이 저 모양으로 할 말, 못 할 말 함부로 해도 꾸지람도 한마디 못 하고 무슨 큰 죄나 지었소? 아니할 말로 죽을죄를 지었더라도 형은 형이지."

하며 영창문을 메어붙이고 마주 나오더니,

"여보 상제님, 무엇을 잘못했다고 수죄를 하러 오셨소? 상제님은 삼사 형제씩 아들을 두었으니까 시들한가 보오마는 우리는 자식이 없으니까 아니 낳을 생각이 없어 기도를 하오. 무슨 기도인지 시원히 좀 아시려오? 왜 우리가 기도를 하여서 당신의 층층이 자라는 아들 장가를 못 들이겠소? 사내 양반이 악담은 어따 대고 하오?"

"내가 누구더러 악담을 했더란 말씀이오? 그렇게 하시지를 말으십시오, 아무리 분정 지도에 하시는 말씀이라도."

"그러면 악담이 아니고 덕담이오? 번연히 우리가 기도를 하는데 기도하는 집이 잘되는 것 못 보았다구? 잘되지 못 하면 망한다는 말이구려? 사촌도 이만저만이지, 누대봉사(累代奉祀)하는 종가 사촌인데, 종가가 망하면 무슨 차례가 갈 것이나 있을 줄 아나 보구려. 망해도 내 집 나 망하는 것을 걱정할 것 없이 당신네 집이나 어서 흥해 보시오. 빈말이나 참말이나 종손 낳기를 빈다 하니, 없는 정성이 남과 같이 들이지는 못할지언정 중단 자락을 휘두르고 훼방을 놓으러 오셨소?"

이 모양으로 함상인이 미처 대답할 새도 없이 물을 퍼붓듯 하더니 그 자리에 펄썩 주저앉아 들입다 울어 내니, 편협하고 배우지 못한 부인네가 마음에 맞지 아니한 일이 있으면 제 독살을 못 이기어 쪽쪽 울기는 흔히 하는 버릇이지마는, 최 씨는 능청한 가지를 가입하여, 자기 남편이 감동하도록 하느라고 갖은 사설을 하여 가며 자탄가로 울더라.

"팔자를 어떻게 못 타고 나서 이 모양인가! 으으으. 떡두꺼비 같은 자식을 잡아먹고 청승궂게 살아 있어서, 어어어. 눈먼 자식이라도 하나 점지하실까 하고 정성을 들여 보잿더니, 이이이. 무슨 대천지원수로 그것조차 방망이를 드누, 으으으. 인제는 사촌도 다 알아보고 대소가도 다 알아보았소, 어어어. 우리 만득도 저 모양으로 총부리들을 대어서 죽었지, 이이이이."

치는 시어미보다 말리는 시누이가 더 밉다고 사설하는 최 씨보다 곁에서 그만 그치라고 권하는 노파가 더 가통하다.

"마님 마님, 그치십시오. 분하고 원통하시면 어쩌십니까, 남도 아니시고 집안 간이신데. 그리하시는 양반이 그르시지. 당하신 마님이야 잘못하시는 것이 무엇 계십니까? 마님 마님, 그만 그치십시오."

하더니 가장 사리를 저 혼자 아는 체하고 마루로 나와 함상인을 보고,

"사랑으로 나아가십시오. 점점 마님 분만 돋우지 말으시고, 재하자는 유구무언이랍니다. 상제님이 잘하신 것도 없지마는, 아무리 잘하셨기로 형수 마님이 저렇게 하시는데 어찌하십니

까? 마님 말씀이 한마디도 틀리신 것이 없습니다. 어서어서 나아가십시오."

일청이 울던 눈을 딱 걷어붙이고 대청 들보가 뜰뜰 울리게 소리를 질러,

"어, 아니꼬워! 그 꼴은 더 못 보겠구. 늙은 것이 안잠을 자러 돌아다니면 마음을 올곧게 먹어 주인집이 잘되도록 하는 것이 아니라, 전후 요사스러운 말은 모두 지어내어 남의 집을 결딴내려고, 무엇이 어쩌고 어찌해? 마님 분돋움을 내가 해? 재하자는 유구무언이야? 이를테면 나의 행실을 가르치는 모양인가? 한매에 죽이고도 죄가 남을 것 같으니."

함상인이 써렛발 같은 짚신을 집어 부시럭부시럭 신으며,

"형님, 나는 가오. 인제 가면 어느 때 또 뵈러 올지 모르겠습니다."

이렇게 말이 나오니, 잘잘못은 고사하고 가깝지 아니한 길에 올라온 사촌이니, 아무라도 하루를 묵어가라든지, 그렇지 못하면 밥이라도 먹고 가라 할 터인데, 무안해 그렇든지 얘기가 질려 그렇든지 함진해는 달다 쓰다 말이 도무지 없이 내어밀어 보지도 아니하고 있더라.

사람의 집 재산은 물레바퀴같이 빙빙 돌아다니는 것이라. 이 집에 없어지면 저 집에 생기고, 저 집에 없어지면 이 집에 생겨

서 있다가 없어지기도 쉽고, 없다가 있기도 쉬워 변화, 번복을 이루 측량하기 어려운 것이라. 함 씨의 집안 대청에 금방울 소리가 딸랑딸랑 한 차례 난 이후로 몇 사람은 못살게 되고 몇 사람은 생수가 났는데, 그 서슬에 해토머리에 눈 사라지듯 없어져 가는 것은 함진해의 재산이라.

못살게 된 사람은 누구누구인고 하니, 첫째는 함상인이니, 함상인이 그 모양으로 다녀간 후로 최 씨가 미워하는 마음이 대천 지원수보다 못지아니하여, 자기 남편에게 없는 말 있는 말을 하려 들어, 저의 부친의 유언으로 해마다 주던 돈 몇 천 냥, 벼 기십 석을 다시는 주지 아니할뿐더러, 진위 땅에 있던 농막까지 다른 곳으로 이매하여 농사도 지어 먹지 못하게 하니, 신골 망태 쏟아 놓은 것 같은 층층이 자라는 자녀들은 모두 밥주머니요, 다산한 부인의 벌통 같은 뱃속은 쓴 것, 단것을 물론하고 들여라 들여라 하는데, 졸지에 생맥이 뚝 끊어지니, 성품은 남보다 급한 함상인이 어찌 기가 막히지 아니하리오. 열 번 죽어도 자기 사촌의 집에는 다시 발길을 들여놓기가 싫어 허리띠를 바싹바싹 졸라매어 가며 기직 닢도 매고 짚신 켤레도 삼아, 쌀되 나뭇짐을 주변하여 하루 한때 죽물을 흐려 가고, 둘째는 박 유모니, 박 유모는 함진해 돌 전부터 젖을 먹여 길러 낸 공으로 그 이웃에다 집을 장만해 주고 일동일정을 대어 주니 나이 육십여

세가 되도록 걱정 없이 지내니, 남들이 말하기를 함진해는 박 유모의 젖이 아니면 살지 못하였을 것이요, 박 유모는 함진해의 시량이 아니면 살지 못하겠으니, 천지간 보복지리가 신통하다고들 하더니, 신통이 변하여 절통이 되느라고 함상인이 최 씨에게 구박을 받고 쫓겨 나올 때에 늙은 마음에 너무 가엾어서 자기 집으로 청해 들여 좋은 말로 위로하고 장국 한 상을 대접하여 보냈더니, 박 유모의 바른말이 듣기 싫어 소리 없는 총이 있으면 탕 놓아 죽이고 싶어 하는 안잠 마누라가 그 일을 알고 중언부언을 하여 무엇이라고 얽어 넘겼던지 하루라도 아니 오면 하인을 보내 불러다 보고, 감기나 체증으로 조금만 편치 않다면 몸소 가서 문병하던 함진해가, 별안간에 괘씸하니 괴악하니 하는 무정지책으로 눈앞에 뵈지 말라 일절 거절하고, 다시는 나무 한 가지, 양식 한 움큼 대어 주지 아니하니, 남의 농사는 잘 짓고 내 농사는 잘못하듯, 함진해는 잘 길러 주면서 자기 자식은 기르지 못할 근력 없는 소경 늙은이가 끈 떨어진 뒤웅이 모양으로 삼척 냉돌에 뱃가죽이 등 뒤에 가 붙어, 오늘 내일 간 어서 죽기만 기다리고 있더라.

그러면 생수 난 사람들은 누구들인고 하니, 첫째는 금방울이라. 베전 병문에서 회오리바람에 함진해 갓 벗겨지는 것을 넌짓 보고 그 눈에 뜨이지 아니하려고 행랑 뒷골로 돌아온 후로 어쩌면 함 씨 집 쇠를 먹어 볼꼬 하다가, 대묘골 무당의 인도로 함 씨 집을 다니며 앙큼하고 알량스러운 수단으로 그날부터 회오리바람을 두고두고 쇠옹두리 우리듯 하여 먹는데 별별 기묘한 방법이 다 있어, 삼국 시절 적벽강 싸움에 방통 선생이 조조를 속여 연환계로 팔십만 대군을 깨치듯 금방울은 함 씨 내외를 속여 정탐 수단으로 누거만(累巨萬) 재산을 탈취하는데, 그 내외가 웃고 찡그리는 것까지 전보를 놓은 듯이 금방울의 귀에 들어오면, 금방울은 귀신이 집어 대는 듯이 일호 차착 없이 말을 번번이 하니, 함진해는 쥐에게 파 먹히는 닭 모양으로 오장을 빼어 가도 알지 못하고, 영하니 신통하니 하여 가며 자기 정신을 자기가 차리지 못할 만치 되었는데, 제일 큰 문제는 아들을 비는 일이라. 돈을 쳐 들이고 쌀을 퍼 주어 가며 보름 기도니, 한 달 기도니 하여 이웃집에서 닭 한 마리만 잡아먹고 누가 손가락 하나만 베도 부정이 들어 효험이 없겠다 하고 번번이 다시 시작을 시키다가, 다시는 핑계 될 말은 없고 기도만 마치면 태기 있기를 날마다 기다릴 것이요, 태기가 요행 있으면 좋으려니와, 만일 없고 보면 헛일을 했느니, 영치 않으니 하여 본색이 탄로날 터이니 무엇으로 탈을 잡을꼬 하고 별 궁리를 모두 하다가 함상인이 다녀간 소식을 듣더니, 얼씨구 좋다 하고 상문 부정을 연해 처들어 살풀이를 해도 여간해서는 아무 일도 아니 되겠다

칭탁하고, 또 한 차례를 빼앗아 먹는데, 함 씨의 집 광 속 뒤주 속에 있는 오곡 백곡은 제 양식이나 다름없고, 함 씨의 집 장 속 반닫이 속에 있는 능라금수(綾羅錦繡)는 제 의복이나 다름없으며, 그 지차에는 노파 삼랑 등이 너나 할 것 없이 모두 살판이 났는데, 최 씨 부인 앞에서는 질고 갠 날 없이 양반의 일을 하느라고 죽을힘을 다 들이는 체하여 특별 행하가 물 퍼붓듯 나오도록 낚아 내고, 금방울에게는 우리가 아니면 네 일이 아니 되리라고 생색과 공치사를 연해 하여 열에 두셋씩은 으레 떼어먹어 행랑방 구석으로 돌아다니던 것들이 뒷구멍으로 집과 세간을 제각기 떡 벌어지게 장만했더라.

말 많은 집안의 장맛이 쓰다고, 구기 몹시 하고 무당 좋아하는 집안은 우환질고(憂患疾苦)가 으레 떠나지 아니하는 이치라. 함진해 내외가 번차례로 앓아, 하루 빤한 날이 별로 없어 푸닥거리, 성주받이를 아무리 펄쩍 하여도 아무 효험이 없으니 최 씨도 넋이 풀리고 금방울도 무안하여 다시 무슨 일을 시킬 염치가 없으니, 그렇다고 그만두고 보면 함 씨의 재물을 다시 구경도 못 해 볼 터이라, 한 가지 새 의견을 내어 나머지까지 마저 훑어 내는 바람에 함 씨의 조상 뼈다귀가 낱낱이 놀아나더라.

사람마다 한 가지 흠은 없기가 어려우되, 전라도 낙안 사는 임 지관이라 하는 사람은 제반악증을 모두 겸하여, 세상없는 사람이라도 그자에게 들어 속아 넘어가지 않는 이가 없으므로, 제 것이 한 푼 없어도 호의호식하고 경향으로 출몰하며 남을 속이는 재주를 한두 가지만 품은 것이 아니라, 의술 좋아하는 사람을 만나면 의원 행세도 하고, 음양술수를 좋아하는 사람을 만나면 이인 자처도 하고, 산리에 고혹한 사람을 만나면 지관 노릇도 하여, 어리석고 무식한 무리를 쫓아다니며 후려 넘기는데 외양도 번번하고 글자도 무식치 않고, 구변도 썩 좋은지라 대저 마름쇠로 상하 삼판에 어디를 가든지 곁자리가 비지 아니하는 유명한 자이라.

서울에 와 주인을 정하되, 장안 만호에 하고많은 집에 장과 국이 맞느라고 금방울의 이웃집에 정하고 있으니, 유유상종으로 자연 친숙하여 남매지의를 맺어 누이님, 오빠님 하며 정의가 매우 두터운 터이라. 못 할 말, 할 말 분간할 것 없이 속에 있는 회포를 의논할 만치 되었는데, 하루는 임 지관을 청하여 한나절을 무어라 쑥덕공론을 하더니 임 지관이 그날로 행장을 차려 주인을 떠나가더라.

함진해가 여러 날 최 씨의 병구완을 하다가 자기도 성치 못한 몸에 자연 피곤하여 사랑에 나와 정신없이 누웠더니, 노파가 창밖에 와서 근심이 뚝뚝 듣는 말소리로,

"영감마님, 주무십니까?"

함진해가 깜짝 놀라며,

"왜 그러나, 마님 병이 더하신가?"

"아니올시다. 놀라지 마십시오. 제가 아니할 생각이 없어서 국수당 만신을 청해 조상대를 내려 보니까 이상스러운 말이 나서 영감께 여쭙니다."

"무슨 이상한 말이 있더란 말인가? 무당의 소리도 인제는 듣기 싫어."

"댁에 위로할 귀신은 위로도 하고, 퇴송할 귀신은 퇴송도 하였으니 우환 걱정이 다시는 없을 터인데, 한 가지 조상의 산소가 잘못 들으셔서 화패가 자주 있다고, 고명한 지관을 찾아 하루바삐 면례를 하면 곧 효험을 보겠다 하여요."

"이 사람, 쓸데없는 말 고만두게. 고명한 지관이 어디 있다던가? 내가 몇 십 년 구산에 금정 하나 바로 놓는 자를 만나 보지도 못했네."

"만신에게 한 번 더 속아 보실 작정 하시고 들어오셔서 물어 보십시오. 정성이 간곡하면 천하 명풍을 만나리라고 공수를 줍디다."

"정성 정성, 내가 무당의 말을 듣기 전에 명풍을 만나려고 정성도 적잖이 들여 보았네마는, 다 쓸데없데. 그러나 허허실수로 한 번 물어나 보세."

하고 귀밑에 옥관자를 붙이고 제왈 점잖다 하는 위인이 남부끄러운 줄도 그다지 모르던지 노파의 궁둥이를 줄줄 따라 들어와 금방울 앞에 가 납신 앉으며,

"그래, 우리 집 우환이 산화로 그러해? 그 말이 어지간하기는 한걸. 세상에 똑똑한 지관을 만날 수 없어 선대감 내외분 산소부터 내 마음에 일상 미흡하건마는 그대로 뫼셔 두었는걸. 어떻게 하면 도선이 무학이 같은 명풍을 만날꼬? 시키는 대로 정성은 내가 드리지."

금방울이 백지로 한허리를 질끈 맨 청솔가지를 바른손으로 잡고 쌀모 판에다 한참 딱딱 그루박으며 엮어 대는 듯이 무어라고 주워섬기더니 상큼하게 쪼그리고 앉으며 두 손 끝을 싹싹 비비고,

"에그, 이상도 해라. 영감께서 이런 말을 들으시면 제가 지어 내는 줄 아시겠네."

"무엇이 그리 이상해? 대관절 어떻게 하면 만나겠나, 그것이나 물어보라니까."

"글쎄 그 말씀이올시다. 알 수는 없지마는 신의 말씀이 하도 정녕하게 집어 낸 듯이 일러 주시니 시험하여 보십시오. 내일 정오 십이 시에 무학재 고개를 넘어가면 산 겨드랑 소나무 밑에서 어떠한 사람이 돌을 베고 잘 것이니, 그 사람에게 정성을 잘

들여 보시라고 공수를 주셨습니다. 하도 이상하니까 제 입으로 말을 하면서도 지내보지 않고 장담할 수 없습니다. 아무렇든지요, 밤만 지내면 즉 내일이니, 잠시 떠나시기 어려우셔도 영감께서 손수 가 보시든지 정 겨를이 없으면 친신한 사람을 보내어 보십시오."

"그 시에 가면 정녕 그런 사람이 있을까? 명산을 얻어 쓰려면서 다른 사람을 보내서 될 수가 있나? 내가 친히 가 정성을 들여야 할 것이지."

하더니 탈것 두 채를 마침 준비하였다가, 그 시간에 맞추어 무학재로 향하는데, 새문 밖을 나서 이전 경기 감영 모퉁이를 돌아서더니 함진해가 눈을 연해 씻으며 독립문을 향하고 맞은편 산 근처 푸르스름한 나무 밑이라고는 하나 내어놓지 아니하고 이리저리 아무리 살펴보며 가도 사람이라고는 나무꾼 하나 볼 수 없는지라, 속중으로,

'허허, 또 속았구. 번연히 무당이란 것이 헛것인 줄 짐작하면서 집안에서 하도 떠들기에 고집을 못 할 뿐 아니라, 어떤 말은 여합부절로 맞기도 하니까 모두 다 아니 믿을 수 없어 오늘도 여기를 나오는 길인데.'

하며 무학재를 막 넘어서니까 남산 한 허리에서 연기가 물씬 나며 오포 놓는 소리가 귀가 딱 맞치게 탕 한 번 나는데, 길 위 산

비탈 아래에 소나무 한 주가 우뚝 섰고 그 밑에 어떤 사람 하나가 갓을 벗어 나뭇가지에 걸고, 겉옷자락으로 얼굴을 덮고 모로 누워 잠이 곤히 들었는지라. 함진해가 반색하여 인력거에서 내려 곁에 가 가만히 앉아 행여나 잠을 깨울세라 기침도 크게 못 하고 있는데, 한 식경은 되어 잠을 깨는 모양같이 기지개 한 번을 켜더니, 다시 돌아누워 잠이 또 드는지라, 아무 말도 못 하고 석양이 다 되도록 그대로 기다리고 있다가, 그자가 부시시 일어나 두 손으로 눈을 썩썩 비비고 입맛을 쩍쩍 다시며 거들떠보지도 아니하는 것을 보고, 함진해가 공손히 앞에 가 꿇어앉으며 구상전이나 만난 듯이 자기 몸을 훨쩍 처뜨려 수작을 붙인다.

"이왕 일차도 뵈온 적이 없습니다. 기운이 안녕하십니까?"

그자는 못 들은 체하고 눈을 내리깔고……. 그리할수록 함진해는 말소리를 나직이 하여 가며,

"문안 다동 사는 함일덕이올시다."

그자는 여전히 못 들은 체하고……. 이같이 한 시 동안은 있더니 그자가 눈살을 잔뜩 찡그리고,

"응, 괴상한고! 응, 누가 긴치 않게 일러 주었노?"

그 말을 들으니 함진해 생각에 제갈량이나 만난 듯이,

'옳다, 인제야 내 소원을 성취하겠다. 천행으로 이 사람을 만나기는 했지마는 조금이라도 내 성의가 부족하면 아니 될 터이

니까…….'

하고서 다시 일어나 절을 코가 깨어지게 하며,

"제가 여러 십 년을 두고 한 번 뵈옵기를 주야 옹축하였습니다마는, 종시 정성이 부족하여 오늘이야 뵈옵니다. 타실 것을 미리 등대하였으니 누추하시나마 제 집으로 행차하시기를 바랍니다."

그자가 함진해를 물끄러미 보다가 허허 웃으며,

"할 일 없소. 벌써 이 지경이 된 터에 박절히 대접할 수 있소? 그러나 댁 소원이 집안 질고나 없고 슬하에 귀자나 낳을 명당한 곳을 얻으려 하지 않소?"

함진해의 혀가 절로 내둘리며 유공불급하게,

"네, 다른 소원은 아무것도 없고, 그 두 가지뿐이올시다. 선친의 묘소를 흉지에 뫼셔 화패가 비상합니다. 자식 되어 제 화패는 고사하고 부모의 백골이 불안하시니 일시가 민망하오이다."

"내 역시 아무것도 아는 것이 없으니까 별도리가 있소? 그나저나 오늘은 피곤하여 잠도 더 자야 하겠고, 볼일도 있어 못 가겠으니 내일 이맘때 동대문 밖 관왕묘 앞으로 나오되 아무도 데리지 말고 댁 혼자 오시오. 나는 누워 자겠고. 어서 들어가시오."

하며 돌을 다시 베고 드러눕더니 코를 드르렁드르렁 고는지라.

함진해가 다시 말 한마디 붙여 보지 못하고 집으로 들어와, 이튿날 오정이 될락 말락 하여 단장 하나만 짚고 홀로 동관왕묘를 나아가노라니 자연 십여 분 동안이 늦었는지라, 그자가 벌써 와 앉았다가 함진해를 보고 정색하여 말하되,

"점잖은 사람과 상약을 하였으면 시간을 어기지 않는 일이 당연하거늘 어찌하여 인제 오느뇨?"

"시간을 대어 오느라는 것이 조금 늦어서 오래 기다리셨을 듯하오니 죄송 만만하도소이다."

"오늘은 늦었으니 내일 다시 오정에 삼각산 백운대 밑으로 오라."

하고 뒤도 아니 돌아보고 왕십리를 향하고 가거늘, 함 씨가 더욱 조민하여 집으로 들어오는 길로 금방울을 청하여 소경사를 이르고, 어떻게 하면 좋겠느냐 문의를 한즉, 금방울이 손으로 왼편 턱을 괴고 눈만 깜짝깜짝하고 있다가,

"에그, 영감마님, 일이 그렇지 않습니다. 그런 명풍의 손을 비시려면서 예단 한 가지 없이 그대로 가 보시니까 정성이 부족하다 하여 터의를 얼른 하지 아니하는 것인가 보오이다. 내일은 다만 백지 한 장이라도 정성껏 폐백을 하시고 청해 보십시오."

"옳지, 그 말이 근리하군. 내가 까마득히 잊고서 빈손으로 연일 다녔으니 그 양반이 오죽 미거히 여겼을라구. 폐백을 아니하

면 모르거니와, 백지 한 권이 다 무엇이야? 그도 형세가 헐수할 수 없으면 용혹무괴(容或無怪)어니와 내 처지에야 그럴 수가 있나? 하불실 일이백 원가량은 폐백을 하여야지."

"에그, 영감, 잘 생각하셨습니다. 산소를 잘 모시어 댁내에 우환이 없으시고 겸하여 만금 귀동자 아기를 낳으시면 그까짓 일이백 원이 무엇이오니이까? 일이천 원도 아까우실 것 없지."

제삼 일 되던 날은 함진해가 지폐 이백 원을 정한 백지에 싸고 싸서 조끼에 집어넣고 개동군령의 집에서 떠나 창의문을 나서서 인력거는 돌려보내고, 미투리에 들메를 단단히 하여 천리만리나 갈 듯이 차림이 대단하더니, 조지서 언덕을 채 못 가서 숨이 턱에 닿아서 헐떡헐떡하며 펄쩍 해만 치어다보고 오정이 지날까 봐 겁을 더럭더럭 내어 발이 부르터 터지도록 비지땀을 흘리며 골몰히 북한을 바라보고 올라가는데, 문수암으로 들어가는 어귀를 채 못 미쳐서 어떤 자가 앞을 막아 썩 나서며 전후좌우를 휘휘 둘러보고 소매 속에서 육혈포를 내어들더니, 함진해 턱밑에다 바싹 대고,

"이놈, 목숨을 아끼거든 지체 말고 위아래 의복을 썩 벗어라!"

함진해가 수족을 사시나무 떨듯 하며,

"네, 벗겠습니다. 벗을 때 벗더라도 제 말 한마디만 들으십시

오. 제 집 내환이 위중하여 약을 구하러 급히 가는 길이오니 특별히 용서해 주시면 적지 않은 적선이올시다. 이 의복은 입던 추한 것이올시다. 내일 이곳으로 다시 오시면 입으실 만한 의복을 몇 벌이든지 말씀하시는 대로 갖다 드리오리다."

그자가 눈을 부라리며,

"이놈아 잔소리가 무슨 잔소리야! 진작 벗지 못하고?"

하며 당장 육혈포 방아쇠를 잡아당길 모양이니 의복 말고 더한 것이라도 다 내어놓을 판이라. 다시는 말 한마디 앙탈도 못 하고 윗옷부터 차례로 벗어 주니, 그자가 저 입었던 옷을 앞에다 턱 던지며,

"너는 이것이나 입고 가거라."

하고서 함진해 의복을 제 것같이 척척 입으며 조끼 속에 손을 썩 집어넣어 보더니 아무 말도 아니하고 산속으로 들어가는지라. 함진해가 기가 막혀 그놈의 의복을 집어 입으니 당장에 더러운 살은 감추겠으나 한 가지 큰 걱정이 지폐를 잃어버린 것이라. 가도 오도 못 하고 그 자리에 끌로 판 듯이 서서 입맛을 쩍쩍 다시며 혼잣말로,

"이 노릇을 어찌하면 좋은가? 집으로 돌아갔다 오는 수도 없고, 빈 손 들고 그대로 가기도 딱하지. 가기로 그가 오지 말라고 할 리는 없지마는, 여북 무심한 사람으로 여길라고? 해는 점점

오정이 되어 오고 여기까지 왔던 일이 원통하니, 아무려나 신지를 가 보는 일이 옳지. 가 보고 소경력 사정이나 이야기를 하여 내 정성이나 알도록 하여 보겠다."

하고 꿩 튀기러 다니는 사냥꾼 모양으로 단상투 바람, 동저고리 바람으로 어슬렁어슬렁 올라가며, 행세하는 터에 아는 사람을 만나면 어찌하리 싶어 얼굴이 절로 화끈거려 발등만 굽어보고 걸음을 걷다가, 목이 어찌 마른지 물을 좀 먹으려고 샘물 나는 곳을 찾아 바른편 산골짜기 안 바위 밑으로 내려가더니 별안간에 주춤 서며 두 손길을 마주잡고 공손한 목소리로,

"여기 앉아 계십니까? 오늘도 시간이 늦어 아마 오래 기다리셨지요?"

"……."

"아무쪼록 일찍 오자고 새벽밥을 먹고 떠났더니, 정성이 부족함이런지, 거진 다 와서 도적을 만나 변변치 아니한 정을 표하고자 돈 백 원이나 가지고 오던 것과 관망 의복까지 몰수이 빼앗겼으나, 점잖은 양반과 상약을 한 터에 실신할 도리는 없고 분주히 오느라는 것이 이렇게 늦었습니다."

"가여운 일이오. 횡래지액(橫來之厄)도 산화소치가 아니라 할 수 없습니다. 그러나 오늘도 늦었으니 내일 오정에는 좀 가까이 세검정 연무대 앞으로 오시오. 나는 총총하여 가겠소."

하더니 행행히 가는지라. 함진해가 억지로 만류할 수 없어, 문수암을 찾아 들어가서 보교를 얻어 타고 집으로 돌아와 노름꾼의 등단같이 돈 이백 원을 다시 변통하여 가지고 이튿날 열 시가 채 못 되어 연무대 앞에 와 그자 오기를 고대하더니 오정이 막 되었는데 그자가 한북문이 통한 길로 올라오며 허허 웃고,

"오늘은 매우 일찍 오셨소그려."

"여러 번 실기를 하여 대단히 불안하오이다."

하며 말끝에 조끼에서 무엇을 꺼내어 두 손으로 받들어 주며,

"이것이 변변치 아니하나 주용에나 보태서 쓰시옵소서."

그자가 펴 보지도 아니하고 집어넣으며,

"그것은 무엇을 가져 오셨소? 아니 받으면 섭섭히 여기실 터이니까 받기는 받소. 나는 번거하여 이목이 수다한 데는 재미없으니 댁으로 같이 들어갈 것 없이 댁 근처 조용히 있을 주인 한 곳을 정해 주시오."

함진해가 유공불급하여,

"네, 그는 어렵지 아니합니다. 내 집도 과히 번거하지는 아니하지마는 아주 절간같이 조용한 집이 있으니 그리로 가 계시게 하지요."

사주인을 하고많은 집에 하필 안잠 마누라 집에다 정하고, 삼시 사시로 만반진수를 차려 먹이며 아침저녁으로 대령을 하여

정성을 무진 들이며 지관의 입만 쳐다보는데, 임 지관은 어쩌면 그렇게 묵중한지, 열 마디 묻는 말에 한 마디를 썩 시원하게 대답을 아니하니, 그 속이 천 길인지 만 길인지, 어여뻐하는지 미워하는지, 알고 그러는지 모르고 그러는지 도무지 아는 수가 없으니, 그리할수록 함진해는 목이 밭아 애를 더럭더럭 쓰며 감히 구산하러 가자는 말을 못 하고 자기 집 사정이 일시 민망한 이야기만 시시로 하더니 하루는,

"여보 주인장, 산 구경하러 아니 가 보시려오? 신산도 잡으려니와 구산부터 가 보십시다. 선장 산소가 어디 계시오?"

"네, 친산이 멀지 아니합니다. 양주 송산인데 불과 오십 리라, 넉넉히 되다녀라도 오시지요."

하며 그 말을 얻어들은 김에 분주히 치행을 차릴새 장독교 두 채에 건장한 교군 두 패를 지르고, 마른찬합, 진찬합과 약주병, 소주병을 짐에 지워 뒤딸리고 동소문 밖으로 썩 나서니, 앞에는 함진해요, 뒤에는 임 지관이라. 함진해의 마음에는,

'이번 길에 천하 대지를 정녕 얻어 자기 친산을 면례할 터이니 우환 걱정은 다시 염려할 것 없이 만당자손도 게 있고 부귀공명도 게 있고 게 있으려니.'

하여 한없이 기꺼워 혼자 앉았든지 누구를 보든지 웃음이 절로 나와 빙글빙글하고, 임 지관 마음에는,

'어떻게 말을 잘하면, 내 말을 꼭 곧이듣고 조약돌 밭을 가리켜도 다시없는 명당으로 알아 불일내로 면례를 시킬꼬. 제 아비 이상으로 몇 대 무덤을 차례로 면례를 시켜 놓았으면 부지중에 내 평생 먹고 살 거리는 넉넉히 생기리라.'

하여 금방울과 안잠 마누라가 전하던 함 씨 집 전후 내력을 곰곰 생각하더라. 얼마를 왔던지 장독교를 내려놓으며, 함진해가 먼저 나오더니 임 지관더러,

"인제 나의 친산이 멀지 아니합니다. 찬찬히 걸어가시면 어떠하실는지요?"

"그리해 봅시다."

하며 염낭을 부시럭부시럭 끄르고 지남철을 꺼내더니 손바닥 위에 반듯이 놓고 사면으로 돌아보며 입속에 말을 넣고 중얼중얼하더니,

"영감, 주룡으로 먼저 올라가십시다. 산세는 매우 해롭지 아니하여 뵈오마는."

하면서 이리도 가서 보고 저리도 가서 보다가 눈살을 연해 찡그리고 분상 앞으로 오더니, 펄쩍 앉으며 잔디를 꾹꾹 눌러 평편하게 한 후에 지남철을 내려놓고 자오를 바로 맞추더니,

"영감, 이 산소를 쓴 지 몇 해나 되었소? 이 산소를 모시고 화패가 비상하였겠소."

"산소를 모신 지 지금 열두 해에 화패는 이루 측량하여 말할 수 없습니다."

"가만히 계시오. 내 소견껏 말을 할 것이니 과히 착오나 없나 들어 보시오."

하더니 얼음에 배 밀듯 내려 섬기는데, 함진해는 입에 침이 없이 칭찬을 한다.

"산지라 하는 것은 복이 있는 사람이 길지를 만난다 하였지마는, 산리를 알지 못하고 보면 번번이 이런 자리에다 쓰기 쉽것다. 태조봉이 음양취기를 하여야 손세가 장원하지, 그렇지 않고 독양이나 독음이 되어 부부가 교합하지 못한 것 같으면 자손을 둘 수 없는데, 이 산소가 독양, 독음으로 행룡을 하였고, 안산에 식루사가 있으니 참척을 번번이 보셨을 것이요, 과협(過峽)은 잘되지 못하였으나 좌우에 창고봉이 저러하니 가세는 풍부하시겠소마는 과두수가 있으니 얼마 아니 되어 손해가 적지 아니할 것이요, 황천수가 비쳤으니 변상이 답지하겠소."

"과연 이 산소 모시고 자식놈 여럿을 참척 보고, 상처를 두 번이나 하고, 재산으로 말해도 부지중에 손해가 적지 않았지요."

"허허, 그러하시리다. 이 산소는 더 볼 것 없거니와 선왕장 산소는 어디 계신가요?"

"예서 멀지 아니합니다. 이리 오십시오."

하며 임 지관을 인도하여 두어 고동을 넘어가더니 손을 들어 가리키며,

"저기 보이는 산소가 나의 조부모를 합폄으로 모신 곳이올시다."

"네, 그러하시오니까?"

하고서 쇠를 또 내어들고 자세 살펴보더니,

"이 산소도 매우 합당치 못한걸. 용이라 하는 것이 역수를 하여야 생룡이라 하거늘 순수도곡에 골육수가 과당하고 또 주엽산 큰 맥이 졸지에 뚝 떨어져 앞에 공읍사(拱揖砂)가 없고, 장단이 부제하여 여기도 쓸 만하고 저기도 쓸 만하니, 이는 허화(虛花)라. 모르는 사람이 보기에는 좋을 듯하나 용진호퇴하여야 할 터인데, 용호가 저같이 상충하니 대소가가 불목할 것이요, 청룡이 많을 다 자로 되었으니 자손은 번성하겠소마는 제일절이 저함하였으니 종손은 얼마 아니 가서 절대가 되는 장손 과격이오. 영감 댁 작은댁이 어디 사는지 영감 댁은 자손이 없어도 그 댁에는 자손들이 선선하겠소."

"그 말씀이 꼭 옳으십니다. 나는 자식을 낳으면 죽어도, 내 사촌은 아들을 사 형제나 두었는데 모두 감기 한 번 아니 앓고 잘 자랍니다."

"그러하리다. 대원 한 산소는 모르겠소마는 이 두 분상 산소

는 시각이 바쁘게 면례를 하여야 하겠소."

함진해가 임 지관의 말에 어떻게 혹하던지 팥으로 메주를 쑨대도 꼭 곧이들을 만치 되어, 그다음부터 임 지관더러 말을 하자면, 선생님 선생님 하여 극공극경(極恭極敬)하기를 한층 더 심하더라.

"선생님, 선생님께서 이같이 박복한 위인을 아시기가 불찰이시올시다. 아무쪼록 불쌍히 보셔서 화패나 다시없을 자리를 지시하여 주옵소서."

"글쎄요, 무엇을 아나요? 어떻든지 차차 봅시다."

"이 도국(都局) 안이 과히 좁지는 아니한데 혹 쓸 만한 자리가 없을까요? 좀 살펴보시면 어떨는지요."

"이 도국에 산지가 무엇이오? 벌써 다 보았소. 영감이 산리를 모르니까 그 말을 하기도 쉬우나, 말을 들어 보면 짐작이 나서리다. 대지는 용종요리락(大地龍從腰裡落)하여 여기횡전작성곽(餘氣橫纏作城郭)이라 하니, 큰 자리는 용이 장산 허리에서 뚝 떨어져서 나머지 기운이 가로 둘러 성곽 모양이 된다 하였거늘, 이 산 내맥을 볼작시면 뇌두에 성신이 없고 본신에 향응이 없어 늘어진 덩굴도 같고, 족은 지룡도 같으니, 이는 곧 천룡, 직룡이라, 아무리 속안에는 쓸 만한 듯하여도 기실은 한 곳도 된 데가 없으니 그대 생각은 하지도 마시오."

"그러면 우리 국내가 진위 땅에도 있습니다. 그리로나 가 보실까요?"

"여기니 저기니 할 것 없소. 영감의 정성이 저러하시니 말이 오마는, 내가 이왕에 한 자리 보아 둔 곳이 있는데, 웬만하면 아니 내어놓자 하였더니……."

하며 그다음 말은 아니하고 우물우물 흉증을 부리니, 남 보기에는 가장 천하명당을 보아 두고 내어놓기를 아까워 주저하는 것 같은지라, 함 씨가 궁금증이 나서,

"너무나 감격무지하오이다. 그 자리가 어디오니이까?"

"차차 아시지요. 급하실 것 있소?"

함 씨가 임 지관을 데리고 자기 집으로 돌아와 묏자리 일러 주기만 바라고 날마다 정성을 들이는데 임 지관은 쿨쿨 낮잠만 자고 수작이 일절 없더라.

이때 노파는 무슨 통신을 하는지, 하루에 몇 번씩 금방울의 집에 북 나들듯 하고, 금방울은 무슨 계교를 꾸미는지 고양 땅에를 삼사 차 오르내리더라. 하루는 임 지관이,

"영감, 산 구경이나 가십시다."

"어디로 가시렵니까?"

"어디든지 나 가자는 대로만 가십시다."

하며 곁의 사람 듣기 알맞을 만하게 혼잣말로,

"가 보아야 좋기는 좋지마는 좀체 성력에 그런 자리를 써 볼까?"

함진해는 그 말을 넛짓 듣고 못 들은 체하며 자기 속으로 독장수 셈을 치듯,

'임 지관이 칭찬을 저렇게 할 제는 대지가 분명한데 아마 산주가 있어, 투장 외에는 할 수가 없는 것이거나 논둑, 밭둑 같은 데 혈이 맺혀 범상한 눈에 대수롭지 않게 보이어서 성력이 조금 부족하면 쓰지 못하리라 하는 말인 듯하나, 내가 그만 성력은 있으니 성력이 모자라 못 써 볼라구? 유주산이거든 돈을 주고 사 보고, 정 아니 팔면 투장인들 못 할 것이 있으며, 논밭 두렁 말고 물구덩이에 장사를 지내라 해도 손톱만치도 서슴지 않고 써 볼 터이야.'

하며 임 지관이 시키는 대로 죽장망혜에 가자는 대로 고양 땅을 다다르니, 여겨 보면 매부의 밥그릇이 높다고, 대지 명당이 이 근처에 있으려니 여겨 보니 산세도 별로 탈태하여 뵈고 수세도 별로 명랑하여 임 지관의 눈치만 살피는데, 임 지관이 높직한 산상으로 올라가 펄쩍 주저앉으며,

"영감, 다리 아프지 아니하시오? 인제는 다 왔소. 이리 와 앉아 저것 좀 보시오."

함진해가 그 곁으로 다가앉으며,

"무엇을 보라고 하십니까?"

임 지관이 오른 손가락을 꼿꼿이 펴들고 가리키며,

"저기 연기 나는 데 보이지 아니합니까?"

"네, 저 축동나무가 시퍼렇게 들어선 데 말씀이오니까?"

"옳소, 그 동리 이름은 덕은리라 하는 대촌인데, 또 이편으로 보이는 산은 마둔리 뒷봉이오."

"선생님께서 고양 지명을 어찌 그렇게 역력히 아십니까?"

"우리나라 심산 도중에 용세나 좋은 곳이면 내 발길을 아니 들여놓은 데가 없었소. 정혈을 내려가 보면 좋겠소마는 산주에게 의심을 받을뿐더러, 대단한 강척이라 당장 모다깃매를 당하고 쫓겨 갈 터이니 멀찍이서 보기나 하시오."

하며 이리저리 가리키며 입에 침이 없이 포장을 하는데, 그 자리에 면례를 곧 하고 보면 당대 발복에 자손이 만당하여 금관자 옥관자가 삼태로 퍼부을 듯하더라.

"이 산 형국은 옥녀탄금형(玉女彈琴形)이니 당국은 옥녀체요, 안산은 거문고체라. 저기 보이는 봉은 장고사(長鼓砂)요, 여기 우뚝한 봉은 단소사(短簫砂)요, 전후좌우는 금장격(錦帳格)이며, 자좌오향(子坐午向)에 신득진파(申得辰破)이니 신자진삼합 격이요, 혈은 횡접와체에 포전이 매우 좋으니 자손이 대단히 번성할 터이오. 자, 더 보실 것 없이 이 자리에 선장 산소를 모셔

볼 경륜을 해 보시오."

"어떻게 하면 그 자리를 얻어 쓰겠습니까? 선생님 지휘대로 하겠습니다."

"영감이 하실 탓이지, 나는 별수가 있소? 그러나 내가 연전에 이 산판을 보고 하도 욕심이 나서 산 임자가 누구인지는 탐문하여 보았소."

"산주가 어디 사는 누구인가요?"

"마두리 윗동리 사는 최 생원 집이라는데, 대소가 수십 집이 모두 연장접옥(連墻接屋)하여 자작일촌(自作一村)으로 산다 하옵디다. 그런데 그 집 사람들이 모두 불초하여, 남이 홀만히 볼 수 없으나 형세는 한 집도 조석 분명히 먹는 자가 없다 합디다."

"가세가 그렇게 간구하면 산지를 팔라면 말을 들을까요?"

"그 역시 나더러 물을 것 아니라, 오늘은 도로 가셨다가 내일모레간 몸소 내려와 산주를 찾아보시고 간곡히 말씀을 해 보시오. 그 자리 하나만 사면 그 국내에 또 비봉귀소형(飛鳳歸巢形) 한 자리가 있으니, 그것도 마저 사서 왕장(王丈) 산소를 면례해 보십시다."

그 산 안에 명당이 한 곳뿐이 아니요, 또 한 곳이 있다는 말을 듣고 함진해가 불같은 욕심이 어떻게 치미는지, 산주가 팔기만 하면 자기 집째, 세간째 먼 곳에 있는 외장까지 모두 주고 벌건

몸뚱이가 한데로 나앉더라도 기어이 사서 써 볼 생각이라.

평생에 오 리 밖을 걸어 다녀 보지 못한 터에 평지도 아니고 등산까지 하여 가며 사오십 리를 왕환하였으니 다리도 아플 것이요, 피곤도 할 것인데, 그 이튿날 밝기를 기다려 시골서 귀물로 알 만한 물종을 각가지로 장만해서 두어 바리 싣고 고양 길을 발행하는데, 임 지관이 무엇이라고 두어 마디 이르니까 함진해가 고개를 끄덕끄덕하며,

"옳소, 선생님 말씀이 옳소. 그렇게 해 보지요. 위선하여 하는 일에 무엇이 어려울 것 있소?"

하더니 하인을 시키어 공석 한 잎을 둘둘 말아 장독교 뒤채 위에 매달아 가지고 떠나가더라.

세상 사람 사는 것이 천태만상이라. 열 집이면 열 집이 다 다르고, 백 집이면 백 집이 다 달라서 잘살기로 말하여도 여러 백천 층이요, 못살기로 말해도 여러 백천 층이라. 잘사는 부자로 첫째 되기도 극난하지마는, 못사는 빈호로 첫째 되기도 역시 드문 터인데, 고양 사는 옥여 최 생원은 고양 안에는 고사는 물론하고 대한 십삼도 안에 둘째가라면 원통하다 할 만한 간난이라. 그중에 누대 상전하여 오는 선영은 있어, 해마다 솔포기가 푸르스름하면 모조리 싹싹 깎아 팔아먹더니, 산이라 하는 것은 큰 나무가 들어서서 뿌리가 얽히지 아니하면 사태가 나며 토피가

으레 벗는 법이라. 다음부터는 풋나뭇짐씩 뜯어 생활하던 길도 없어지고 다만 돈 백이라도 주고 뫼 한 장을 쓰겠다면 유공불급하여 쉰네 쉰네 하여 가며 팔아먹는 터이나, 그런 일이 어찌 날마다 있고 달마다 있으리요. 두수 없이 꼭 굶어 죽게 되어 이웃집 도끼를 빌려 가지고 깎아 먹던 솔 그루 썩은 고자 등걸을 캐어 지고 서울로 갔다 팔기로 생애를 하느라고 금방울의 집에다 단골을 정하고 하루 걸러큼 다녀 매우 숙친한 까닭으로 저의 집이 지내는 사정을 낱낱이 말하고 나무 값 외에 쌀되 돈관을 얻어다 먹고 지내매, 금방울의 분부라면 거역치 못하는 법이, 칙령이라면 너무 과도하고 황송한 말이지마는, 본 고을 원의 지령만은 착실하더라. 하루는 나뭇짐을 지고 들어오니까, 요지선녀(瑤池仙女)같이 쳐다보고 지내던 금방울이 반색을 하여 반기며 안으로 잡담지하고 들어오라 하더니,

"에그, 당신은 양반이시고 나는 여염 사람이지마는, 여러 해 친하여 흉허물 없는 터에 관계 있습니까? 우리 인제는 의남매를 정하십시다. 오빠, 전에는 체통을 보시느라고 설면히 굴으셨지마는, 어서 신발을 끄르고 방으로 들어오시오. 추우시기는 좀 하시겠소? 구시월 막새바람에 홑것을 그저 입고. 여보게 부엌어멈, 밥 숭늉 좀 덥게 데우고, 새로 해 넣은 솜바지 좀 놓아 가져오게. 오빠, 편히 앉으셔서 어한 좀 하시오."

이 모양으로 예 없던 정이 물 퍼붓듯 쏟아지니, 최 생원이 웬 영문인지 알지 못하고 쭈뼛쭈뼛하다가 간신히 입을 벌려,

"나 같은 시골사람더러 남매를 정하시자는 것도 황송한데, 무엇을 이렇게 차려 주십니까?"

금방울이 깔깔 웃으며,

"에그, 오빠도 망녕이셔라. 손아래 누이더러 황송이 다 무엇이고, 존대가 다 무엇이야요? 인제는 허소를 하십시오."

"허소는 차차 하면 못 합니까? 누이님이 이처럼 하시니 내 마음은 어떻다 할 길 없소."

"생애에 바쁘신데 어서 내려가시오. 내일쯤 오빠 사시는 구경도 할 겸, 언니 상회례도 할 겸 내가 내려가겠습니다."

"누이님께서 오실 수 있습니까? 우리 마누라를 데리고 올라오지요."

"아우 되어 내가 먼저 가 뵈어야 도리 상에 당연하지요. 걱정 말고 내려가시오."

하며 나무 값 외에 돈 몇 백 냥을 집어 주며,

"이것 변변치 않으나, 신발이나 한 켤레 사다가 우리 언니 드리시오."

최 생원이 재삼 사양하다가 마지못하여 받아 가지고 나오다가 선혜청 장에 들어가, 쌀도 좀 팔고 반찬거리도 약간 장만하

여 가지고 자기 집으로 내려와 일변 집안을 정히 쓸고 기직 넢 방석 낱을 이웃집에 가 얻어다 깔고, 자기 아낙더러 새둥우리 같은 머리도 가리어 쓰다듬고 보병것이나마 부유스름하게 새 것을 갈아입으라 한 후 계란 낳는 닭을 삶고 끓여 놓고 눈이 감도록 고대하더니, 거무하에 유사 사인교 한 채가 떠들어오며 금방울이 나오더니 최 생원과 인사를 한 후 최 생원의 마누라를 가리키며,

"오빠, 이 어른이 우리 언니시오? 처음 뵈오니까 누구신지 몰라 뵈었습니다."

하고 날아갈 듯이 절을 하며 교군꾼을 부르더니 피륙 낱 담배 근을 주엄주엄 내어다가 앞에다 놓으며,

"모처럼 오며 빈손으로 들고 오기가 섭섭해서 변변치 아니하나마 정이나 표하고자 가져왔습니다, 언니……."

최 생원의 아낙은 본래 촌 생장으로 금방울을 보니 요지에서 선녀가 내려온 듯싶어 정신이 휘둥그런 중 석새베 입던 몸에 고운 필목을 보고 순뜰이 먹던 입에 지네발 같은 서초를 보니 입이 저절로 벌어져서, 자기 딴은 인사 대답을 썩 도저히 한다는 것이 귀동대동 구석이 어울리지 아니하게 지껄이건마는 금방울은 모두 쓸어 덮고 없는 정이 있는 듯이 수문수답(隨問隨答)을 하다가 최 생원을 돌아보며,

"오빠, 시골 구경을 별로 못 했더니 서울처럼 갑갑하지 아니하고 시원해서 좋소. 동산에나 올라가 구경이나 좀 합시다."

"봄과 달라 꽃 한 가지가 없고 구경하실 것이 무엇 있나요? 아무려나, 찬찬히 가 보십시다. 그렇지만 누이님같이 가만히 들어앉으셨던 터에 다리가 아프셔서 다니시겠습니까?"

"가 보아서 다리가 아프면 도로 내려오지. 누가 삯 받고 가는 길이오?"

하며 최 생원은 앞을 서고, 마누라와 금방울이 뒤에 따라 뒷동산으로 올라가는데 최 생원 내외의 생각에는,

'서울서 꼭 갇혀 들어앉았다가 여북 갑갑하여 저리 할라구? 경치는 별로 없지마는 바람이나 시원히 쏘이게 김 판서 댁 묘소로, 이과장 집 산소로 골고루 구경을 시키리라.'

하고, 금방울의 생각에는,

'최가의 국내가 얼마나 되노? 이놈을 잘 삶아 함진해에게 팔게 하면 저도 돈 천이나 착실히 얻어먹고 우리도 전만이나 툭툭이 갖다 쓰겠다.'

하며 이 고동이 저 고동이 구경하다가,

"오빠, 댁 국내는 어디요? 아마 매우 넓지, 해마다 나무 베어다 파시는 것을 짐작하건대."

"얼마 되지 못합니다. 우리 집 뒤에서부터 저기 보이는 사태

가 허연 고동이까지올시다."

"에그, 산이나마 넉넉히 있어 나무장사라도 하시는 줄 여겼구려. 얼마 되지도 못하고 그나마 토피가 모두 벗어 나무인들 어디 있소? 그까짓 것 두시면 무엇을 하오? 뉘게 돈 천이나 받고 팔아 말 바리나 사 매고 삯이나 팔아먹지."

"뫼장 쓸 만한 곳은 이왕 다 팔아먹고 지금 나머지는 애총 하나 묻을 만한 곳이 없으니 누가 사야 하지요."

"그 걱정은 말고 내려갑시다. 내 좋은 획책을 하여 볼 것이니."

"아무려나, 누이님 덕택만 바랍니다."

금방울이 최 생원 집으로 내려와 무엇이라고 쥐도 못 듣게 수군대더니 그 길로 떠나 올라간 뒤로, 최 생원이 축일 금방울의 집에를 드나들고, 금방울도 수삼차를 최 생원의 집에 다녀가더니, 최 생원이 자기 마누라도 모르게 정밤중이면 뒷동산에를 슬며시 다녀 내려오더라.

하루는 동리집 개들이 법석으로 짖으며 최 생원 집에 이상스러운 일이 났으니, 향곡 풍속에 말을 탄 사람 하나만 지나가도 남녀노소가 너나없이 나서서 구경을 하는 법이어늘, 하물며 이 집에는 난데없는 행차 하나가 기구 있게 들어오더니, 사립문 앞에다 공석을 깔고 금옥탕창한 점잖은 양반이 엎드려 대죄를 하니, 보는 사람마다 곡절을 모르고 눈들이 둥그래서 쑥덕공론이 분분한데, 최 생원이 먼지가 케케 앉은 관을 툭툭 털어 쓰고 나오며,

"이거, 웬 양반이 남의 집 문 앞에 와서 이 모양을 하시오? 이 양반 뉘 집을 찾아왔소?"

그 사람이 머리를 땅에 조으며,

"네, 댁에 왔습니다. 이놈은 천지간에 죄가 많은 놈이라, 하해 같은 덕을 입어 그 죄를 면하고자 이처럼 석고대죄를 합니다."

최 생원이 허허 웃으며,

"이 양반아, 댁 죄는 무슨 죄며 내 덕은 무슨 덕이란 말이오? 암만해도 댁에서 병풍상성(病風喪性)을 하였나 보오. 대관절 댁이 누구시오?"

"네, 서울 다동 사는 함일덕이올시다."

"네, 그러하시오? 나는 성은 최가고, 자는 옥여요. 무슨 일로 찾아 계십더니이까?"

"네, 다름이 아니라, 친산을 잘못 쓰고 화패가 비상하와서 장풍향양하여 백골이나 평안한 곳을 얻어 쓸까 합니다."

"댁이 댁 산소 면례하기를 생면부지 모르는 나를 보고 이리할 일이 무엇이오, 그 아니 이상한가?"

"이렇게 댁에 와서 대죄하는 것은 당신 말씀 한마디만 듣기

를 바랍니다."

"내게 들을 말이 무슨 말이오? 나를 도선이나 무학 같은 지관으로 아시오? 여보, 나는 본래 낫 놓고 기역자도 모르는 무식쟁이라 답산가 한 구절 외우지 못하오. 여보, 댁이 잘못 찾아 계신가 보오."

"아무리 미거하기로 잘못 찾아뵈옵고 말씀할 리가 있습니까? 다름이 아니라 댁 선영 국내 안에……."

그다음 말이 다 나오기 전에 최 생원이 눈이 실룩하여지고 콧방울이 벌룽벌룽하며 부썩 도슬러 앉더니,

"그래서요, 어서 말하시오."

"일석지지만 빌려 주시면 친산을 면례하고 동산소하여 지내겠습니다."

최 생원이 벌떡 일어서며 주먹을 도슬러 쥐고 꿩 채려는 보라매 눈같이 함진해를 노려보며,

"허, 이놈, 별놈 났다! 내가 이 모양으로 구차히 사니까 얼만큼 넘보고 와서, 무엇이 어쩌고 어찌해? 묏자리를 빌려 동산소를 해? 이따위 놈은 당장에 두 다리를 몽창 분질러 놓아야 이까짓 행위를 못 하지."

하더니 울짱 한 가지를 보기 좋게 뚝딱 꺾어 들고 서슬 있게 달려드니, 함진해의 하인들이 당장 보기에 저희 상전에게 화색이

박두한지라, 제각기 대들어 최 생원의 매 든 팔을 붙들다가 다갱이도 터지고, 함진해를 가려서다가 엉덩이도 쥐어질리니 분한 생각대로 하면 동나뭇단 같은 최 생원 하나야 발길 몇 번이면 저승 구경을 당장에 시키겠지마는, 상전의 낯을 보아 차마 못 하고,

"생원님 생원님, 너무 진노하지 마십시오. 산소 자리를 아니 드리면 고만이지, 이처럼 하실 것 있습니까?"

최 생원이 하인의 말대답은 하지 아니하고 함진해만 벼른다.

"오 이놈, 기구도 좋은 놈이니까, 하인놈들을 성군작당(成群作黨)하여 데리고 와서, 나같이 잔약한 사람을 업수이 여기는구나. 이놈, 너 한 놈 때려죽이고 나 죽으면 고만이다."

하고 울짱 가지를 함부로 내두르는 바람에 사인교는 진가루가 되고, 말리러 덤비던 하인들은 오강 편싸움에 태곰보가 들어온 모양으로 분주히 쫓겨 도망을 하는데, 부지중에 함진해도 당장 화색이 박두하니까 쫓겨 나왔더라. 매 맞은 하인들이 분함을 서로 이기지 못하여 구석구석 욕설이 나온다.

"제미할거, 팔자가 사나우니까 별 작자의 매를 다 맞아 보았구. 그자가 명색이 무엇이야? 다갱이에 넉가래집 같은 관을 뒤집어쓰고, 형조 사령이 지나갔나? 매질을 함부로 하게. 우리 댁 영감 낯을 보니까 참고 참아 쫓겨 왔지그려. 그까짓 위인을 내

발길로 보기 좋게 한 번만 복장을 질렀으면 개구리 새끼 나가 자빠지듯 할 것이, 가만히 내버려두니까 제 세상만 여겨서 눈에 뵈는 게 없나 본데."

"여보게, 가만 내버려두게. 아래위를 훑어보니까, 그자가 꼴 보니 나무장사로 생애하는 위인인데, 이번에는 영감을 뫼셨으니까 하릴없이 참고 들어가지마는, 아무 때든지 문안서 한 번만 우리 눈에 걸리라게. 당장에 할아버지를 부르게 주릿대를 메워 놓을 것이니."

한참 이 모양으로 지저귀는 것을 함진해가 듣고 그중에도 행여나 최 생원을 건드려 자기 경륜을 와해되게 할까 겁이 나서 하인을 꾸짖기도 하고 달래기도 한다.

"이놈들, 그것이 무슨 소리냐? 너희들이 그 양반을 함부로 대접하고 보면 내 손에 죽고 남지 못하리라. 그 양반이 시골에 살아 촌스러워 보이니까 너희들이 넘보고 그러나 보구나. 이놈들아, 그 양반 대접하는 것이 곧 나를 대접하는 일체인데, 무엇을 어찌고 어찌해? 상놈이 양반에게 매 좀 맞은 것이 그리 원통하냐? 그 매는 너희를 때린 매가 아니요, 나를 때린 것인데, 나는 아무 말도 못 하는 것을 번연히 보며 함부로 떠드느냐? 다시 이놈들 무엇이라고 했다가는 한 매에 죽으리라!"

이 모양으로 천둥같이 을러 데리고 서울로 올라와 임 지관더러 소경력 풍파를 일일이 이야기한 후 주사야탁(晝思夜度)으로 성화만 하더니, 며칠 아니 되어 어떠한 의표도 선명하고 위인도 진실한 듯한 사람 하나가 찾아 들어와 함진해를 보고 인사를 통한다.

"주인장이 누구시오니이까?"

함진해가 아무리 살펴보아도 한 번도 본 적이 없는 사람이라.

"네, 내가 주인이오. 웬 양반이신데 무슨 사로 찾아 계시오?"

"네, 나는 고양 읍내 사는 강 서방이올시다. 다름 아니라 댁에 임 생원이라 하시는 양반이 오셔서 유하십니까?"

"네, 그 양반이 계시지요. 어찌하여 찾으시오? 그 양반과 본래 친하시던가요?"

"매우 친좁게 지냅니다."

"그러면 거기 좀 앉아 기다리시오."

하고 한달음에 안잠 마누라 집으로 가서 임 지관더러 그 말을 전하니, 임 씨가 입맛을 쩍쩍 다시며 괴탄을 무수히 한다.

"응, 긴치 아니한 사람, 또 무엇하러 여기까지 찾아왔노? 내 행색을 일껏 감추려 하여도 필경은 소문이 또 났으니 여기도 오래 있지 못하겠구."

함진해를 건너다보며,

"영감 댁 일은 잘될 듯하오. 지금 온 그 사람이 고양 일읍에서는 권도가 매우 좋아서 그만 주선을 할 만합니다. 기왕 온 사람을 어쩔 수 있소? 이리로 부르시오."

"네, 그리하오리다. 선생님이 말씀을 하시니 말이지, 나는 친산 면례할 일로 어찌 속이 타는지 밤이면 잠을 잘 못 잡니다. 그 사람이 기위 권도가 매우 있다 하오니, 이 말씀 아니기로 어련하실 바는 아니시나, 아무쪼록 되도록 부탁을 하여 주십시오. 산지 값은 얼마를 주든지 다과를 교계치 아니합니다."

"어디 봅시다. 그러나 이런 일을 데면데면히 하다가는 또 이번에 영감이 다녀오신 모양같이 될 것이니 단단히 하시오."

"내가 아무리 단단히 하고 싶으나 될 수가 있습니까? 선생님께서 하실 탓이지."

"내야 영감 일에 범연하겠소마는 내 부탁이 다르고 영감의 간청이 다르지 아니하오? 그 사람도 내 손에 친산을 얻어 쓰고 우연히 없던 아들을 낳은 후로 자기 딴은 감사히 여겨 저 모양으로 찾아오는 터이니까 영감의 사정말을 부탁하게 되면 자기 힘자라는 대로는 하겠으나, 매양 그런 일을 하자면 빈손으로는 도저히 아니 될 것이니, 그 사람이 가세가 매우 간구하여 일을 주선하기가 역시 곤란하리다. 어떻든지 나는 힘껏 할 것이니, 영감이 그다음 일은 알아서 처치하시오."

"그는 염려 마십시오. 제 일을 제가 하려면 무엇을 아끼겠습니까?"

하며 나아가더니 강 씨를 인도하여 데리고 오는데, 처음에는 그렇게 설만히 수작을 하더니, 별안간 한없이 공근하고 관곡한지라, 강 씨가 뒤를 따라오며 혼잣말로,

'옳지, 인제는 네가 착실히 낚시에 걸렸다. 농익은 연감 모양같이 홀쭉하도록 빨려 보아라. 대체 우리 아주머니 모계는 초한 때 진평만은 착실하신걸. 국과 장이 맞느라고 임 지관은 어디서 그리 마침 생겼던고?'

하고 그대 사색을 싹도 보이지 아니하고 천연스럽게 따라 들어오더니 임 지관 앞에 가 절을 코가 깨어지게 한 번 하고 곁으로 비켜서 공손히 꿇어앉으며,

"그동안 기체가 어떠합시오니까?"

"허어, 자네인가? 예를 어찌 알고 찾아왔노? 그래, 댁내가 평안하시고 자제도 잘 자라나? 아마 컸을걸."

"올해 다섯 살이올시다. 그놈이 기질도 튼튼하고 외양도 똑똑하여 남의 열 자식이 부럽지 아니합니다. 그놈을 볼 때마다 임 생원장 덕택은 머리를 베어 신을 삼아도 못다 갚겠다고 저희 내외가 말씀을 합니다."

"실없는 사람이로세. 자네 댁 복력으로 그런 자손을 두었지, 내 덕이 다 무엇인가? 설혹 자네 말같이 면례를 잘하고 자손을

낳았다 한대도 역시 자네 댁 복력으로 내 말을 곧이들었지, 내 아무리 가르치기로 자네가 믿지 아니하면 되겠나, 허허허······. 여보게, 지나간 일은 쓸데없이 말할 것 없네. 그러지 아니하여도 내가 자네를 좀 보면 하였더니 다행하게 마침 잘 왔네."

강 씨가 생시치미를 뚝 떼고,

"무슨 부탁하실 말씀이 계십니까? 세상에 없는 일이기로 임 생원께서 하시는 말씀이야 봉행치 아니하겠습니까?"

"자네 덕은리 근처 사는 최 서방들과 친분이 있나?"

"네, 그 근처에 최 씨들이 여러 집인데 한 고을에 사는 고로 모두 면분은 있지마는, 그 최 씨의 종손 되는 옥여 최 서방과는 못 할 말을 다 할 만치 친숙히 지냅니다."

"옳지, 내가 말하는 사람이 즉 옥여 최 서방일세. 여보게, 이 주인장이 형세도 남부럽지 아니하고, 공명도 할 만치 하였건마는, 자네 댁 일과 같이 흉지에 친산을 쓰고 독한 참척을 여러 번 보아 슬하에 자제가 없을뿐더러 우환이 개일 날이 없어 아무것도 모르는 나를 이같이 조르시네그려. 차마 괄시할 수 없어, 큰 화패는 없을 듯한 자리 한 곳을 보아 드렸는데, 즉 최여옥의 국내 안일세. 자네도 동병상련이 아니라 할 수 없으니 주인장 말씀을 들어 보아 힘을 다하여 주선 좀 해 드리게."

"내 일이 되고 아니 되기는 노형 주선에 달렸습니다."

"천만의 말씀이오, 일의 성불성은 모르겠습니다마는 저 어른 부탁도 계시고 어련하겠습니까? 그러나 그 사람의 성미가 너무 끌끌하고 고집이 있어 섣불리 개구를 했다가는 뺨이나 실컷 맞고 돌아설 터이니 웬만하시거든 파의를 하시고 다른 곳을 구해 보시는 것이 좋을 듯하오이다."

"그 사람 성미는 나도 대강 짐작합니다마는 불고염치하고 이처럼 말씀을 하오니 아무리 어려우셔도 힘써 주시오. 산 값은 얼마를 달라 하든지 교계할 것 없소. 여북하여 선영을 파는데, 후한 편으로 하는 것이 옳지 않소? 노형만 하셔도 예서 고양 가는 길에 아무리 철로는 있지마는 가깝지 아니한 터에 여러 번 오르내리실 터이오. 그러노라면 하루 이틀 아니 될 터인데 댁 가사도 낭패가 적잖이 되실지라, 우선 돈 천이나 드릴 것이니 내왕 노자도 하시고 쌀섬이나 팔아 댁에 두시고 내 일을 전심하여 좀 보아 주시오."

함진해가 그같이 말하면서 지폐 한 뭉치를 내어주니 강 씨가 재삼 사양하며,

"별말씀을 다 하십니다. 돈이 다 무엇이야요? 아직 될는지는 모릅니다마는, 그만 일을 보아 드리기가 무엇이 힘이 든다고 이처럼 말씀하십니까?"

하며 받지를 아니하니, 임 지관이 사리대로 말하는 체하고,

"여보게, 고집 말고 받아 넣게. 주인장이 정으로 주시는 것을 아니 받아쓰겠나? 어서 받아 가지고 내려가 일 주선이나 잘해 보게."

강 씨가 말에 못 이기는 체하고 집어넣더니 그 길로 떠나갔다가 수삼 일 후에 다시 오더니, '바람에 돌 붙여 보도 못 할러라, 삶은 호박에 이도 아니 들리라.' 하여 함 씨의 마음을 불 단 가마에 엿 졸이듯 바작바작 졸인 후에 몇 차례를 왔다 갔다 하며 애를 쓰는 모양을 보이더니, 한 번은 올라와서 태산이나 져다 주는 듯이 덕색을 더러 내며,

"에구, 어렵기도 어렵다. 이렇게 힘들 줄이야 누가 알아? 영감, 어서 면례하실 택일이나 하시오. 이번에야 최 서방의 허락을 받았소. 허락은 받았지만 한 가지가 내 소료보다는 대상부동한 걸이오."

"불안하오, 내 일로 해서 너무 고생을 하셔서. 그런데 산주의 응낙을 받으셨다며 무엇이 소료에 틀린다 하시오?"

"다른 것이 아니라 산 값을 엄청나게 달라 하니, 나는 기가 막혀 선뜻 대답을 못 하고 왔습니다."

"얼마나 달라길래 그리하시오?"

"그 사람 말이 그 자리가 자래로 유명하여 팔라고 조르는 사람이 비일비재인데 십오만 냥까지 주마 하는 것을 팔지 아니하

였거니와, 자네가 괄시할 수 없는 터에 이처럼 한즉 그 값이면 팔겠다 하니, 나도 아다시피 다른 사람이 주마는 값을 감하여 말할 수 없고, 영감 의향을 알지 못하여 말씀을 듣자고 왔습니다."

"걱정 마시오. 내 형세가 전만은 못하지마는, 십오만 냥쯤이야 주선 못 하겠소? 어서 그대로 약조를 하시고 이다음 파수에 돈을 치르게 하시오."

하고 십오만 냥 어음을 써서 주니, 강 씨가 받아 척척 접어 염낭에 넣고 가더니, 그 이튿날 산주의 약조서를 받아 왔더라.

함진해가 면례 택일을 임 지관더러 보아 달라 하여 일변으로 구산을 돌으며 일변으로 신산을 작광하는데, 역꾼들이 별안간에 괭이 가래를 집어던지고 착 돌아서서, 이상하니, 야릇하니, 처음 보았느니, 알 수 없는 것이니, 뒤떠들더니 광중 속에서 난데없는 돌함 하나를 얻어 내었는데, 함진해가 정구한 처소에서 조상식을 지내다가 그 소문을 듣고 상식상을 물릴 여부없이 한달음에 올라가 돌함을 구경한즉 크기가 단천 담배 서랍만 한데 뚜껑을 무쇠물로 끓여 부어 단단히 봉하였는지라. 강철 끝 몇 채를 가져오라 하여 이에를 조아 내고 열어 보니 홍공단(紅貢緞) 한 조각에 금으로 글씨를 썼으되 전면에는, '옥녀탄금형 십대장상에 백자천손지지 함 씨 입장.' 후면에는, '모년 모월 모일 옥룡자소점(玉龍子所點).'이라 하였거늘 그날 회장하러 온 사람과 구경하러 온 사람과 역꾼과 집안 하인 병하여 근 백 명이 한마디씩이라도 다 떠들며 참 대지니 과연 명당이니 하는데, 함진해는 어떻게 좋던지 돌함을 품에 품고 임 지관 앞에 가서 백 번, 천 번 절을 하며,

"선생님 덕택에 과연 명혈을 얻었습니다. 선생님은 참 신안이올시다. 이 비기(秘記) 좀 보십시오."

임 지관이 비기를 받아 우두커니 보다가 픽 웃으며,

"그것이 그다지 희한하시오? 나는 별로 아는 것도 없이 맹자직문(盲者直門)으로 우중한 일이지만, 영감 댁 복력이 거룩하여 몇 백 년 전에 옥룡전자가 벌써 비결까지 묻었으니, 나 아니기로 댁에서 쓰지 못할 리가 있소? 아무려나, 영감 댁 복력이 대단하시오. 이왕 명혈을 쓰신 끝에 선왕장 산소를 마저 면례하시오."

"그다 뿐이오니이까? 향일에 말씀하시던 비봉귀소형을 마저 가르쳐 주시기를 바랍니다."

이와 같이 정성을 들여가며 간곡히 물어, 강 씨를 사이에 또 놓고 몇 십만 냥을 주고 샀던지, 급급히 택일을 하여 면례 한 장을 마저 한 뒤에, 임 지관이 종적 노출이 되어 오래 유련하지 못하겠다 하고 굳이 말려도 듣지 아니하고 떠나가는지라. 수로금

몇 만 금을 경보로 내어놓으니 임 지관이 가장 청렴한 체하고 무수히 퇴각하다가 마지못하여 받는 모양으로 짐에 넣더니, 배행하러 보내는 하인을 도로 쫓고 정처와 거주를 물어도 대답이 없이 표연히 가더라.

함진해가 그 후로는 부인의 병세도 차차 낫고, 귀동자를 올 아니면 내년에는 낳을 줄로 태산같이 믿고 기다리더니, 공든 탑이 무너지고, 믿는 나무에 곰이 핀다고, 부인의 병은 더욱 별증이 생겨 한 다리, 한 팔을 못 쓰는 반신불수가 되어 말하는 송장이 되었고, 그 고생을 다 하노라니 함진해는 나이가 육로한 터는 아니나 근력 범절이 칠십 노인이나 다름없이 되었는데, 저 강도와 아귀보다 더한 요악간휼(妖惡奸譎)한 금방울이 그 모양으로 속여 먹고도 오히려 부족하던지 한 가지 흉계를 또 부려서 근력 없는 함진해가 수각이 황망한 지경을 당하였더라.

하루는 어떠한 자가 불문곡직하고 주인을 찾으며 들어오더니 시비를 내어놓으니, 이는 다른 사단이 아니라, 그자가 고양 최 씨의 도종손이라 자칭하고 산송을 일으키려는 것이라, 최가의 위인도 똑똑하고 구변도 썩 좋아 함진해는 한마디쯤 말을 하면, 최가는 열 마디씩 쥐어박아 말을 한다.

"여보, 댁에서는 세력도 좋고, 형세도 부자니까 잔핍한 사람을 업수이 여기고 남의 누대 분묘 내룡견갑(來龍肩甲) 좌립구견

지지(坐立俱見之地)에 호기 있게 뫼를 썼나 보오마는 그 지경을 당한 사람도 오장육부가 다 있소."

"여보, 댁이 누구시오? 나도 천금 같은 돈을 주고 산주에게 사서 썼소."

"산주, 산주, 산주가 누구란 말이오?"

"네, 고양 최 씨의 종손 되는 옥여 최 서방에게 샀소. 댁이 무슨 상관으로 이리하시오?"

"우리 최가에 옥여라고는 당초에 없을 뿐 아니라, 산하에 사는 일가들은 모두 우리 집 지파요, 수십 대 봉사하는 종손은 나의 집인데 십여 년 전에 호중으로 낙향하였다가 금년에야 비로소 성묘를 온 터이오. 댁에서 사지 말고 세상없는 일을 했더라도 당장 파내고야 배기리다. 댁에서 아니 파면 내 손으로라도 파 굴리고 말 터이니 알아 하시오."

하고 최 씨 집 내력과 파계를 역력히 말하며 독서슬같이 으르는 바람에 함진해가 겁이 더럭 나서 좋은 말로 어루만지며 뒷손으로 사람을 급히 보내어 옥여를 찾으니, 벌써 솔가가 도주하여 영향도 없는지라, 법은 멀고 주먹은 가깝다고, 정소를 하든지 재판을 하기는 이다음 일이요, 당장 친산에 사굴을 당할 터이니까 생각다 못하여 하릴없이 산 값을 재징으로 물어 주더라.

상말로, 파리한 개 무엇 베고 무엇 베니 남는 것이 아무것도 없는 일체로 패해 가는 세간을 이리 빼앗기고 저리 빼앗기고 나니, 남는 것이라고는 새앙쥐 볼가심할 것도 없게 되어, 그렇지 아니하게 먹고 입고 지내던 함진해가 삼순구식을 못 면하고 누대 제사에 궐향을 번번이 하니, 타성들이 듣고 보아도 그 집안이 그 지경 된 것을 가여우니, 그래 싸니, 다만 한마디씩이라도 흉볼 겸, 걱정할 겸 하거든, 하물며 원근족 함 씨의 종중에서야 수십 대 종가가 결딴이 났으니 어찌 남의 일을 보듯 하고 있으리요. 팔도 함 씨 대종회를 열고 관자수대로 모여드는데, 이때 함일청은 그 사촌의 집에 일절 발을 끊어 다시 현영을 아니하고 다만 치산을 알뜰히 하여 형세도 점점 나아지고, 아들 삼 형제를 열심으로 가르쳐 남부러워 아니하고 지내는 터이나, 다만 마음에 계련되어 잊히지 못하는 바는 경성 큰집의 일이라, 자기는 아니 갈 법해도 서울 인편이 곧 있으면 종종 소식을 탐지한즉, 듣는 말이 다 한심하고 기막힌 일 뿐이러니, 하루는 종회하는 통문이 서울에서 내려왔는지라, 곰곰 생각한즉,

'아무리 사촌이라도 타인보다도 더 미워 다시 대면을 말자 작정을 하였지마는, 팔도 일가가 모두 총회를 하는데 내 도리에 아니 가 볼 수 없다.'

하고 그 길로 떠나, 성중을 들어서서 다방골 모퉁이를 돌아드니 해포 그리던 사촌을 만날 터인즉 얼마쯤 반가운 마음이 날 터인

데, 반갑기는 고사하고 눈물만 절로 나니, 그 사정을 모르는 사람이 보기에는 심상히 여기겠으나 이 사람의 중심에는 여러 가지 철천지한(徹天之恨)이 가득하더라.

'저기 보이는 집이 우리 사촌의 집이 아닌가? 어쩌면 저 모양으로 동퇴서락이 되었노? 우리 큰아버지 당년이 엊그제 같은데, 그때는 저 집이 분벽사창이 영롱하던, 다동 바닥에 제일 갑제러니! 집이 저 지경이 되었을 제야 그 집안 범절이야 더구나 오죽할까? 에그, 우리 조부께서 머나먼 북경을 문턱 드나들 듯 하시며 알뜰살뜰 모으신 세간을 그 형님이 장가 한 번을 잘못 들더니 걷잡을 새 없이 저 모양으로 망하였지, 집안에 가까이 다니던 정직한 사람은 모두 거절을 하고, 천하의 교악 망측한 연놈들만 집에다 붙이어 억지로 결딴이 나도록 심장을 두었으니 무슨 별수로 저 모양이 아니 될꼬. 안잠 하인년이 그저 있는지, 제일 그년이 보기 싫어 어찌 들어가노? 에라, 이탓저탓 해 무엇하리! 대관절 우리 형님이 글러 그렇게 되었지.'
하며 손수건을 내어 눈물 흔적을 씻고 대문을 들어서니 문 위에 엄나무 가시와 좌우 주초 앞에 황토가 여전히 있는지라, 그같이 비창하던 마음이 졸지에 변하여 눈에서 쌍심지가 올라오며 가슴에서 불덩어리가 벌꺽벌꺽 올라온다.

'이왕 결딴난 집안을 어찌할 수는 없지만 이 모양으로 흥와조산을 하는 연놈을 깡그리 대매에 때려 죽여 분풀이나 실컷 하겠다. 오, 어떤 연놈이든지 걸려만 보아라. 내 손에 못 배기리라.'
하며 사랑 앞에를 썩 들어서니, 대부, 족장, 형제, 조카, 손항 되는 여러 일가 사람이 가득 모여 앉았다가 분분히 인사를 하는데, 정작 자기 사촌은 볼 수가 없는지라 마음에 당황하여 좌우를 돌아보고,

"여보, 우리 형님은 어디 가셨길래 아니 계시오?"

그중 항렬이 높은 자가 일청을 불러 앞에 세우고 준절히 꾸짖는다.

"네가 그 말을 하기가 부끄럽지 아니하냐? 네 사촌이 아무리 지각없이 집안을 결딴내기로 너는 그만한 지각이 있는 사람이 종형제 간에 절적을 하고, 조상의 제사 참사까지 몇 해를 아니하다가, 우리가 이 모양으로 종회를 하니까 그제야 올라와서 무엇이 어쩌고 어쩌해? 우리 형님이 어디로 가셨어? 주축이 일반이다. 집안이 그 모양으로 불목하고 무슨 일이 되겠느냐?"

그 곁에 앉았던 노인 하나가 분연히 나앉으며,

"여보 형님, 그 말씀 마시오. 그 사람이 무슨 잘못한 일이 있다고 그리하시오? 이것저것이 모두 진해의 잘못이지, 저 사람은 저 할 도리를 다했습니다."

먼저 말하던 노인이 징을 내며,

"자네는 무엇을 가지고 저 사람의 과실이 없다 하노?"

"형님, 그렇게 말씀하시기도 용혹무괴오마는, 내 말씀을 자세히 듣고 무정지책(無情之責)을 너무 말으시오."

하며 소년 일가 하나를 부르더니, 편지 한 뭉치를 가져다가 조좌 중에 내어 놓고 축조하여 설명을 하는데 그 편지는 별사람의 편지가 아니라, 함일청이 그 종씨가 하는 일마다 소문을 듣고 깨닫도록 인편이 곧 있으면 변명을 하여 간곡히 한 편지라. 그 어리석고 미련한 함진해는 그럴수록 자기 사촌을 돈목히 여기지 아니하고 그 편지 올 적마다 큰집이 아니 되도록 훼방을 하거니 여겨 원수치부를 한층 더하던 것이라. 그 편지의 연월을 맞춰 차례차례 보아 내려가는데 자자마다 간절하고 구구마다 곡진하여 목석이라도 감동할 만하니 최초에 한 편지 사연에 하였으되,

'무릇 나라의 진보가 되지 못함은 풍속이 미혹함에 생기나니, 슬프다! 우리 황인종의 지혜도 백인종만 못지아니하거늘, 어쩌다 오늘날 이같이 조잔 멸망 지경에 이르렀나뇨? 반드시 연고가 있을지니다. 우리 동양으로 말하면 당우 이래로 하늘을 공경하며 귀신에게 제 지냄은 불과 일시에 백성의 뜻을 단속하기 위함이러니, 요괴한 선비들이 오행의 의론을 창설하여 길흉화복을 스스로 부른다 하므로, 재앙과 상서의 허탄한 말이 대치하여

점점 심할수록 요악한 말을 주작한지라. 일로조차 천지 귀신이 주고 빼앗으며, 죽고 사는 권리를 실상으로 조종하여 순히 하면 길하고, 거스르면 흉한 줄로 미혹하여 이에 밝음을 버리고 어두움을 구하며, 사람을 내어놓고 귀신을 위하여 무녀와 판수가 능히 재앙을 사라지게 하고 복을 맞아 오는 줄 여겨 한 사람, 두 사람으로부터 거세가 본받아, 적게 한 집만 멸망할 뿐 아니라 크게 나라까지 쇠약케 하나니, 이는 곧 억만 명 황인종의 금일 참혹한 형상을 당한 소이연이니다. 엎드려 바라건대, 형장은 무식한 자의 미혹하는 상태를 거울하사, 간악 요괴한 무리를 일절 물리치시고, 서양 사람의 실지를 밟아 일절 귀신 등의 요괴한 말을 한 비에 쓸어 버려, 하늘도 가히 측량하며, 바다도 가히 건너며, 산도 가히 뚫으며, 만물도 가히 알며, 백사도 가히 지을 마음을 두시면, 비단 형장의 한 맥만 부지하실 뿐 아니라 나라도 가히 강케 하며 동포도 가히 보존하리이다.'

그다음에 보낸 편지에 또 하였으되,

'슬프다, 형장이시어! 형장의 처지를 생각하시옵소서. 형장은 우리 일문 중 십여 대 종손이시니 큰집의 동량이나 일반이라. 그 동량이 썩으면 큰집이 무너짐은 면치 못할 사세라. 형장의 미혹하심은 전일에 올린 바 글에 누누이 말씀하였으니 다시 논란할 바 없거니와, 날로 들리는 소식이 더욱 놀랍고 원통하와 이같이 다시 말씀하나니다. 착한 사람을 가까이하며 악한 무리를 멀리함은 성인의 훈계요, 공을 상 주고 죄를 벌함은 가법의 정당함이어늘, 이제 형장은 이와 같이 아니하여 무육하던 유모의 공을 저버려 그 착함을 모르시고, 간휼한 할미의 죄를 깨닫지 못하여 그 악함을 친신하시니 어찌 가도가 쇠색함을 면하오며, 또 산지라 하는 것은 조상의 백골로 하여금 풍우에 폭로치 아니하고 땅속에 깊이 편안히 계시게 함이 도리에 온당함이어늘, 풍수의 무거한 말을 곧이듣고 자기의 영귀와 자손의 복록을 희망하여 안장한 백골을 파 가지고 대지명당을 찾아다니니 대지명당이 어디 있으며, 조상의 백골이 어찌 자손의 영귀와 복록을 얻어 주리오? 만일 그와 같은 이치가 있을진대, 아무 데나 매장지를 한곳에 정하고 백골을 단취하는 서양 사람은 모두 멸종 빈한하겠거늘, 오늘날 그 번식 부강함이 산지로 종사하는 우리나라에 비할 바가 아님은 어쩐 연고이며, 만일 지관이라 하는 자가 대지명당을 능히 알아 남에게 가르칠 재주가 있고 보면 어찌하여 저의 할아비를 묻지 아니하고 그같이 빈곤히 지냄을 면치 못하여 타인만 가르쳐 주리오? 이는 허탄한 말을 주작하여 남의 재물을 도적함이어늘, 어찌 이같이 고혹하사 산소를 차례로 면례코자 하시나니까? 종제의 위인이 불초하므로 말을 버리지 마시고 급히 깨달으사, 유모를 도로 부르시고 할미를 축출하

며 지관을 거절하사 면례를 파의하옵소서.'

그 끝에 열 가지 잠언을 기록하였으되,

'일. 쓸데 있는 글을 많이 읽고 무익한 일을 짓지 말으소서.

이. 사람 구원하기는 의원만 한 이 없고, 세상을 혹케 하기는 무녀 같은 것이 없나이다.

삼. 사람을 사귀매 양증 있는 자를 취하고 음증 있는 자를 취치 마옵소서.

사. 광명한 세계에는 실상만 있고 허황한 지경은 없사외다.

오. 세계에 신선이 있으면 진시황과 한무제가 가히 죽지 아니하였으리이다.

육. 사람을 능히 섬기지 못하거든 어찌 능히 귀신을 섬기며, 산 사람도 모르며, 어찌 능히 죽은 자를 알리오? 귀신과 죽음은 성인이 말씀치 아니한 바니, 성인이 아니하신 말을 내가 지어내면 성인을 배반함이니다.

칠. 굿하고 경 읽음을, 자기는 당연한 놀이마당으로 여겨도, 지식 있는 사람이 보기에는 혼암 세계로 아니이다.

구. 산을 뚫고 길 내기를 풍수에 구애가 될지면, 외국에는 철도가 낙역하고 광산이 허다하건만, 어찌하여 국세가 저같이 흥왕하뇨? 풍수가 어찌 동양에는 행하고 서양에는 행치 아니하오리까?

십. 사람의 품은 마음을 가히 측량키 어려워 얼굴과는 관계가 없거늘, 상을 보고 마음을 안다 하니, 진실로 술사의 사람 속이는 말이니다.'

보기를 다하매 그 많은 일가가 칭찬하지 않는 자가 없는데, 그중에 그 편지를 가져오라던 노인 함만호는 진해의 집 이웃에 있어, 그 집의 국이 끓고 장이 끓는 것을 모를 것이 없이 다 아는 터인데, 진해가 하는 일이 마음에 해괴하건마는, 아무리 일가 간이기로 소불간친(疏不間親)으로 내외 간사를 말하기 어려워서, 다만 대체로 한두 번 권고한 후 다시는 개구도 아니하고 이따금 가서 진해의 망측한 거동만 구경하더니, 어리석은 진해는 일문 대소가(一門大小家)들이 다 절적을 하는데, 이 노인은 가장 자기를 친절히 여겨 종종 찾아오거니 하여,

"만호 아저씨, 만호 아저씨."

하며 일청의 편지가 올 적마다 펴 보이며,

"이놈이, 소위 형은 갱참(坑塹)에 집어넣어 그른 사람으로 돌리고, 저는 지식이 고명한 정대한 사람인 체하여 이따위 편지를 하느니 마느니."

하고 찢어 내어버리는 것을, 함만호는 뜻이 깊은 사람이라 속마음으로,

'종형제 간에 어쩌면 저같이 청탁이 현수한고? 대순과 상도

있고, 도척과 유하혜도 있다 하지마는, 저 사람이야말로 상과 도척보다 못지아니하도다. 내가 저 편지를 간수하여 두었다, 이 다음에 일청의 발명거리를 삼으리라.'

하고 슬며시 주섬주섬 집어 모아 이리저리 이어 맞추어 튼튼한 종이로 배접을 하여 두었던 것이라. 이번 종회를 발기하기도 함만호가 문장을 일부러 여러 번 가 보고 통문을 놓은 것인데, 그 종회한 주지는 큰 조목 세 가지가 있으니,

제일은, 진해의 양자를 일청의 아들로 정하여 누대 종통(宗統)을 잇고자 함이요,

제이는, 진해의 그르고 일청의 바름을 종중에 공포하여 선악의 사실을 포폄코자 함이요,

제삼은, 형제의 불목함을 없게 하여 문내에 화기가 다시 생기게 하고자 함이라.

그날 함진해는 자기 일로 종회를 한다는 말을 듣고 여러 일가를 보기에 얼굴이 뜨뜻하여 내환으로 의원을 보러 간다 청탁하고 안잠 할미의 집을 치우고 들어앉아 연해 소식만 탐지하더니, 처음에 자기 사촌이 들어오는 것을 보고 문장이 호령하더란 말을 듣고, 무슨 원수가 그다지 깊던지 마음에 시원 상쾌하다가, 만호가 편지 뭉치를 내어놓고 일장 설명하더니, 만좌가 모두 칭찬하더라는 기별을 듣고서는 분함을 견디지 못하여 잔부끄럼

은 간다 보아라 하고, 그 길로 바로 자기 사랑으로 들어오며, 문장 이하로 여러 일가에게 인사를 하고, 마주 나오며 절하는 일청은 본 체도 아니하며 등을 지고 돌아앉으니, 일청이 기가 막혀 더운 눈물이 더벅더벅 떨어지며 아무 말 없이 섰으니, 이는 자기 종형을 오래간만에 만나 반가운 눈물도 아니요, 자기 종형의 눈에 나서 원통하여 나오는 눈물도 아니라. 옛말에 '오십에 사십구 년의 그름을 안다(五十知四十九年之非).' 하였거늘, 자기 종형은 오십이 다 되도록 회개를 못 하였으니 집안일을 다시 바랄 여지가 없겠다 싶은 생각이 불현듯이 나서 우는 일이러라.

"여보게 진해, 내 말 듣게. 사람은 집안이 화목한 연후에 만사가 성취되는 법이어늘, 자네 연기가 노성한 터에 제가를 그같이 불목히 하고 가사가 일패도지(一敗塗地)치 아니하겠나? 옛 성인의 말씀에, '독한 약이 입에 괴로우나 병에는 이롭고, 충성된 말이 귀에는 거슬리나 행실에는 이롭다.' 하였거늘, 자네는 어찌하여 충성된 말로 간하는 것을 청종치 아니할 뿐 아니라 간하는 사촌을 구수같이 여기니 실로 한심한 일이로세."

"집안이 불목한 것은 저놈의 죄이지, 나는 아무 잘못한 일이 없습니다. 저놈이 내 집에 절족한 지 우금 몇 해에 우리 아버지, 할아버지 산소를 차례로 면례를 하여도 제 집에 자빠져 현영도 아니하고, 집안에 우환이 그렇게 심하여도 어떠냐 말 한마디 물어본 적 없고, 아니꼽게 편지자로 수죄 비스름하게 논란을 하여 보냈으니, 저 하는 대로 하면 어느 지경까지든지 분풀이를 못 할 바가 아니나, 남의 청문을 위하여 참고 참는 나더러 꾸지람을 하시니 너무 원통하오이다."

"허허, 이 사람, 가위 고집불통일세. 저 사람이 자네가 미워서 간하는 말과 편지를 하였겠나? 아무쪼록 자네가 잡류배의 꼬임에 빠지지 말고 가도를 바르게 하도록 함이어늘, 자네는 그 뜻을 알지 못하고 도리어 구축하며 미워하였으니, 자네가 잘못이지 무엇인고?"

함진해가 다시 개구할 겨를이 없이, 당초에 그 삼촌으로 돌아가서 삼 년이 지나도록 영영 일곡도 아니한 일로부터, 일청 온 것을 부정하다고 구축하여 쫓던 일과 일청이 일반 병작도 못 해 먹게 전답을 팔아 가던 일과, 무육한 유모를 일청이 밥을 먹였다고 박대하며, 요사한 무당년을 소개하여 제반악증을 다하던 노파를 신임한 일까지, 임가의 허황한 말에 속고 조상의 백골을 천동한 일까지, 조목조목 수죄를 한 후, 일청의 편지를 내어놓고 구절마다 들어 타이르고, 설명을 어찌 감동할 만치 하였던지, 진해가 처음에는 일일이 자기가 잘못한 것이 없다고 반대하던 위인이라서, 고개를 푹 숙이고 아무 말 없이 듣다가 자취 없는 눈물이 옷깃을 적시며 한숨만 자주 쉬더라.

문장이 종회에서 처리할 사건을 차례로 가부표를 받아 종다수로 취결하는데,

"우리 문중에서 제일 소중한 바는 종통인데, 지금 진해의 연기는 오십지년이 되었으며 종부의 연기는 아직 단산지경은 아니나, 그러나 다년 중병에 반신불수가 되어 다시 생산할 여망이 없은즉, 불가불 입후를 하여야 누대 향화를 그치지 아니할 터인데, 당내에 항렬이 닿는 아이가 없으면 원근족을 불계하고 지취동성으로 아무 일가의 자식이고 소목만 맞으면 데려오겠지만, 진해의 사촌, 일청의 맏아들 종표가 비단 당내만 될 뿐 아니라 위인이 준수하니, 부재다언(不在多言)하고 그 아이로 정하는 것이 어떠한고?"

여러 일가가 일시에 한마디 말로,

"가하오이다."

문장이 또 한 문제를 제출하되,

"지금 진해의 연기는 과히 늙지는 아니하였으나, 다년 포병으로 가위 정신 상실자라 할 만한즉, 도저히 가사를 처리할 수 없고, 데려올 종표는 아직 미성년한 아이인즉, 불가불 뒤를 보아주는 사람이 있어야, 패한 가세를 회복하기는 이다음 일이어니와, 목전의 봉제사(奉祭祀) 접빈객(接賓客)을 할 터인즉, 그 자격에 합당한 사람 하나를 천거하시오."

이때에 함만호가 썩 나앉으며,

"그 사람은 별로 구할 것 없이, 내 생각에는 일청이 외에는 그 소임을 맡길 사람이 다시없을 듯하오이다."

문장이 여러 사람에게 가부를 물으니 또한 일구동성으로 만호의 말에 찬성하는지라, 문장이 진해를 돌아보며,

"자네는 어제 잘못한 것을 깨달아 이제는 옳게 함을 생각할뿐더러 일동일정을 자네 사촌에게 위임하고 불목히 지내지 말아야 가정을 보존할 것이니 아무쪼록 종중 공의를 위반치 말기를 믿으며, 만일 일향 회개치 아니하고 악인을 가까이하여, 오늘 회의에서 결정한 일이 헛일이 되면, 그제는 종벌을 크게 당하리니 조심하소."

또 일청을 부르더니,

"자네가 종가 위하는 직심은 이미 듣고 보아 아는 일이어니와, 여러 해 절적한 일은 잘못함이 아니라 할 수 없으니, 자네 사촌만 야속하다 말고 지금 회의가 가결된 일과 같이 내일 내로 즉시 종표를 데려다 종가에 바치고, 자네도 반이(搬移)하여 올라와, 한집에 있어 대소사의 치산을 전담 극력하여 누대 향화를 잘 받들도록 하소."

함진해가 전일 같으면 반대를 해도 여간이 아닐 것이요, 고집을 세워도 어지간치 아니할 터이로되, 본래 천성은 과히 악한

사람이 아니요, 무식한 부인과 간특한 하속에게 고혹한 바 되어 정신을 못 차렸더니 문중 공론을 듣고 자기 신세를 생각한즉, 지난 일은 잘했든지 못했든지 말 못 되어 가는 가세에, 우환 질고는 그칠 날이 없는데, 수하에 자질간 대신 수고하여 줄 사람이라고는 그림자 하나 없은즉, 양자는 불역지전(不易之典)하여야 할 것이요, 양자를 하자면 집안 아이를 내어놓고 원촌에서 데려올 수도 없으며, 데려온대도 내 집이 전 세월 같지 않아, 한없는 진구덥을 치르고 배겨 있을 자식이 없을 것이니, 종중회의에 못 이기는 체하고 종표를 양자하여 제 아비를 시켜 뒷배를 보아 주게 하면, 줄어든 각사가 더 줄어질 여지는 없을 것이요, 제 부자가 아무 짓을 하기로 우리 내외가 죽기 전에 병구완과 먹도록 입도록이야 아니하여 줄 수 없으니, 평계 김에 잘되었다 하고 외양으로 천연스럽게 대답을 한다.

"종중 처결이 그러하시니, 무엇이라도 거역할 가망이 있습니까? 오늘부터라도 가사를 다 쓸어맡기겠습니다."

"그렇지, 고마운 말일세. 주역에 불원복이라 하였으니, 자네를 두고 한 말일세. 사람이 누가 허물이 없겠나마는, 자네같이 오래지 아니하여 회복하는 자가 어데 또 있겠나? 허허, 인제는 우리 종갓집을 위하여 하례할 만한 일일세."

하며 일청더러,

"자네 종씨 말은 저러하니 자네 말도 좀 들어 보세."

"종의도 이 같으시고, 종형의 뜻도 저러시니, 어찌 군말씀을 하오리까마는, 저 같은 위인이 열이기로 어찌 종형 하나를 따르겠습니까? 그러나 만일 형이 시키는 말이 곧 있으면 정성껏 거행하겠습니다."

"자, 그러고 보면 장황히 더 의논할 것 없이 이 길로 자네가 떠나 내려가 종표를 데리고 올라오소. 아무리 급해도 그 아이의 의복이라도 빨아 입혀야 할 터인즉, 자연 수일 지체는 될 것이니 오늘 내일 모레, 오늘까지 닷새 동안이면 하루가 가고, 하루가 오고 넉넉히 되겠네. 그날은 우리가 또 한 번 다시 모여야 하겠네."

하며 일변 일청을 재촉하여 발행하게 하고, 일변 진해를 다시 당부한 후 이다음에 다시 모이기로 하고 문장 이하가 각각 헤어지더라.

여러 함 씨가 종표가 올라올 때를 승시하여 일제히 모여 예를 행케 하고 내당에 들여보내어, 최 씨 부인에게 모자지례로 뵈옵는데, 이때 최 씨는 병은 아무리 깊었더라도 그 병이 부집 죄듯 왜깍지깍 세상모르고 앓는 증세가 아니라, 시난고난 앓는 중 중풍이 되어 반신불수로 똥오줌을 받내되, 정신은 참기름송이 같아, 귀로 듣고 눈으로 보고 입으로 말까지는 하는 터이라, 일청이 그 아들을 데리고 들어오는 양을 본즉, 눈꼬리가 창아 곱패 되듯 하며, 앞니가 보도독보도독 갈리건마는, 일문 대종중이 모여 하는 일이요, 또 자기가 그 처신이 되었으니, 무엇이라고 말 한마디 할 수 없어, 다만 어금니 빠진 표범과 발톱 부러진 매와 같이, 할퀴며 물지는 못하고 속으로만 노리며 으르렁대어, 종표가 '어머니 어머니' 하며, 앞에 와 어리대는 것을 대답 한마디 없이 거들떠도 아니 보니 속담에, '병든 나무에 좀 나기가 쉽다.'고 자기의 소생도 아니요, 양자로 데려온 아이를 그 모양으로 냉대하니, 의리 모르는 노파 등속이 종회 이후에는 어엿이 나덤벙이지는 못해도 여전히 최 부인에게는 왕래 통신이 은근하여, 종표의 험담을 빗발치듯 담아 부으니 최 씨는 더구나 미워하여 날로 구박이 자심하건마는, 종표는 일정한 정성을 변치 아니하고 똥오줌을 손수 받내며 조금도 어려운 기색이 없어, 밤낮 옷끈을 끄르지 아니하고 단잠을 잘 줄 모르며, 진해에게 혼정신성(昏定晨省)과 최 씨에게 시탕 범절이 목석이라도 감동할 만하더라.

본래 사람의 염량 후박은 병중에 알기 쉬운 고로 말 한마디에 야속한 마음도 잘 나고, 고마운 생각도 잘 나는 법이라. 최 씨가 종표 부자를 구수같이 미워하던 그 마음이 차차 감해지고, 감사하고 기특한 생각이 차차 더해지니, 이는 자기 일신이 괴롭고 아픈에 중 맑은 정신이 들 적마다 오장에서 절로 솟아나오는 생각이라.

'에구 다리야, 에구 팔이야, 일신을 마음대로 놀리지 못하니 똥오줌을 마음대로 눌 수가 있나! 세상에 모를 것은 사람의 마음이다. 내게 단것 쓴 것 다 얻어먹던 것들은 웃느라고 문병 한 번 없지. 그것들은 오히려 예사지만, 안잠 할미로 말하면 제 죽기 전에는 나를 배반치 못할 터이어늘, 똥 한 번, 오줌 한 번을 치우려면 군말이 한두 마디가 아니요, 그나마 목이 터지도록 열 스무 번 불러야 겨우 눈살을 잡고 마지못하여 오니, 살지무석(殺之無惜)하고 의리부동한 것도 있다. 에구구 팔다리야, 종표는 기특도 하지. 제가 내게 무슨 정이 들었다고 어린것이 더럽고 괴로운 줄도 모르고 단잠을 아니 자고 잠시를 떠나지 아니하니 그 아니 신통한가! 에그, 집안이 어쩌면 그렇게 되었던지 돈냥 될 것은 모두 전당을 잡혀 먹고, 약 한 첩 지어 먹자 해도 일푼 도리 없더니, 시사촌께서 와 계신 후로는 그 걱정, 저 걱정 도무지 모르고 지내지. 내가 내 일을 생각해도 벌역을 받아 병신 되어 싸지 않은가! 남의 말만 곧이듣고 내 집안 양반을 괄시하였으니.'

하루 이틀 지나갈수록 세상 짓이 다 헛일을 한 듯하고, 사랑하는 마음이 더욱 깊어 가더라.

최 씨 부인의 병이 감세가 있을 때가 되었든지, 약을 바로 쓰고 조섭을 잘해 그렇든지, 기거동작을 도무지 못 하던 몸이라서 능히 일어나서 능히 앉으며, 지팡이를 짚고 방문 밖에도 나서 보니, 자기 생각에도 희한하고 다행하여 이것이 다 시사촌의 구원과 종표의 정성으로 효험을 보았거니 싶어 없던 인정이 물 퍼붓듯 하는데,

"종표야, 날이 선선하다. 핫옷으로 갈아입어라. 내 병으로 해서 잠도 못 자며 고생을 하더니, 네 얼굴이 처음 올 때보다 반쪽이 되었구나. 시장하겠다. 점심 먹어라. 병구완도 하려니와 성한 사람도 기운을 차려야지. 삼랑아, 도련님 진지 차려 드려라."

"저는 배고프지 아니합니다. 약 잡수신 지 한참 되어 다 내리셨겠으니 진지 끓인 것을 좀 잡수셔야지, 속이 너무 비셔서 못 씁니다."

"너 먹는 것을 보아야 내가 먹지, 너 아니 먹으면 나도 아니 먹겠다."

하며 자애가 오장에서 우러나오니, 세상에 남의 집에 출가하여 그 집을 장도감으로 만드는 부인이 하고많은데, 열에 아홉은 소견이 편협치 아니하면 심술이 대단하여, 한 번 고집을 내어놓으면 관머리에서 은정 소리가 땅땅 나기 전에는 다시 변통을 못 하건마는, 최 부인은 고집을 내면 암소 곧달음으로 고삐 잡아당

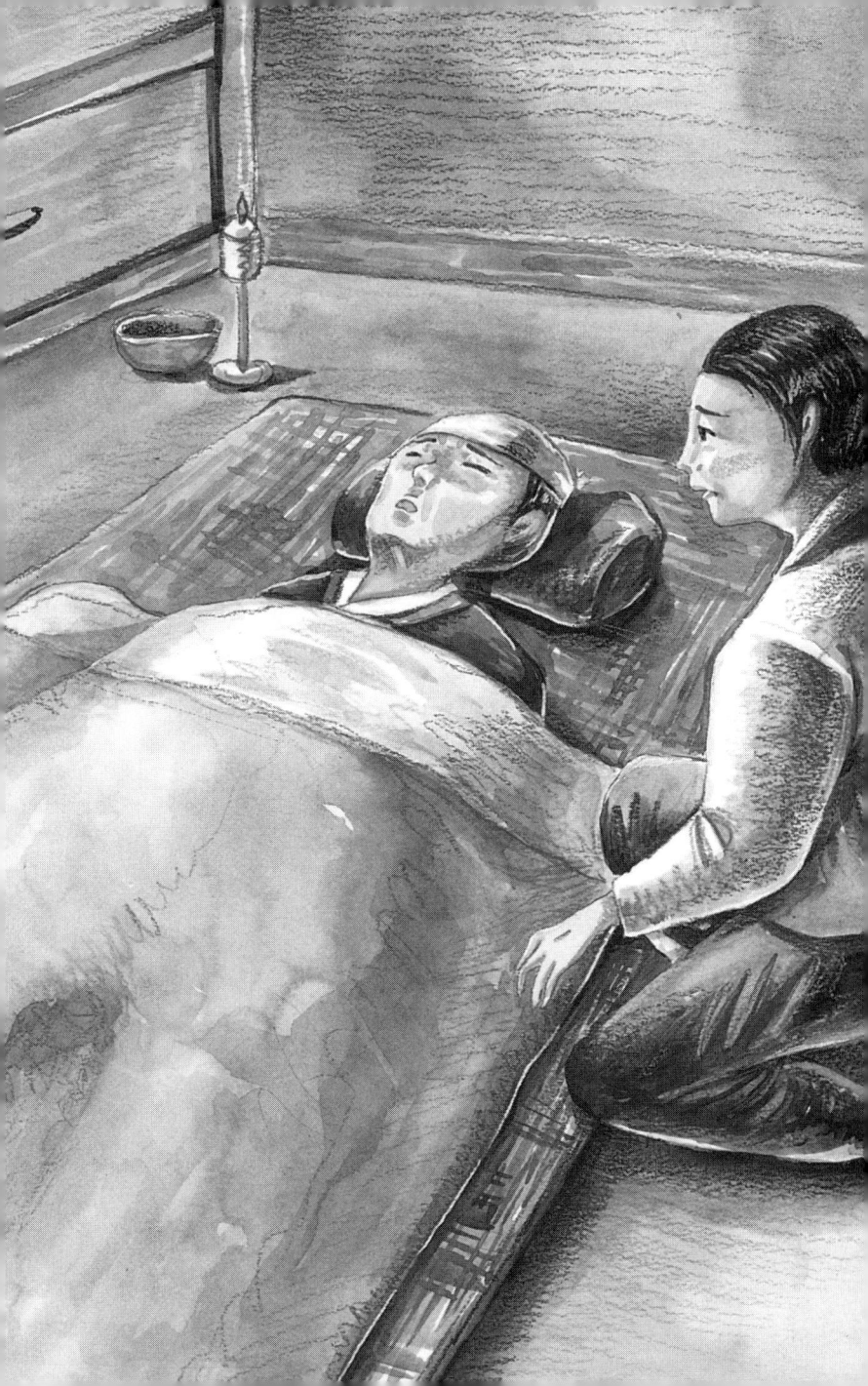

길 새 없이, 하고 싶은 일을 실컷 하고야 말면서도, 전후 사리는 멀쩡하여 잘잘못을 짐작 못 하던 터가 아니라, 한 번 마음이 바로잡히기 시작하더니, 본래 무던하던 부인보다 오히려 못지아니하여 처사에 유지함이 상등 사회에 참례할 만하다.

하루는 자기 남편과 시사촌과 사촌동서와 종표까지 한자리에 모여 앉은 좌상에서 최 씨 부인의 발론으로, 종표를 중학교에 입학케 하여, 사오 년 만에 졸업한 후에 다시 법률전문학교에 보내어 공부를 시키는데, 생양정 부모의 정성도 도저하지마는, 종표의 열심이 어찌 대단하던지 시험마다 만점을 얻어 최우등으로 졸업을 하니, 함종표의 명예가 사회상에 훤자하여 만장공천(滿場公薦)으로 평리원 판사를 하였는데, 그때 마침 우리나라가 정치를 쇄신하여, 음양 술객과 무복 잡류배를 일병 포박하여 차례로 신문하는 중에 하루는 부녀 일명을 잡아들여 오거늘 종표가 내심으로,

'저 계집도 사람은 일반인데, 무슨 노릇을 못 해서 혹세무민하는 무녀 노릇을 하다가 이 지경을 당하노? 우리 집에서도 아마 이따위 년에게 속고 패가를 했을 것이니 아무 때든지 그년만 붙들고 보면 대매에 쳐 죽여 첫째로 우리 집 설분도 하고, 둘째로 세상 사람에게 후일 경계를 하리라.'

하는데 잡혀 들어오던 무녀가 신문장에 당도하더니, 그 똘똘하

고 살기가 다락다락하던 위인이 별안간에 얼굴빛이 사상(死相)이 되어 목소리를 벌벌 떨며 자초행위를 개개승복하되,

"의신을 장하에 죽이신대도 어디 가 한가하오리까마는 죽을 때 죽사와도 한마디 아뢰올 말씀이 있습니다. 의신의 무녀 노릇 하옵기는 다름이 아니라, 생애가 어려워 마지못해 하는 일인데, 한때 얻어먹고 살라고 우중으로 말마디가 신통히 맞사와 살면서 이 소문을 듣고 부르오니, 속담에 굿들은 무당이라고, 부르는 곳마다 가서 정성껏 큰 굿도 하여 주고, 푸넘도 하여 준 죄밖에 다른 죄는 없습니다."

종표의 말소리가 본래 기걸하여 예사로 하는 말도 천장이 드르렁드르렁 울리는 터이라, 그 무녀가 말을 막 그치자 가래침을 한 번 칵 배알고,

"네 말 듣거라. 세상에 무슨 생애를 못 해 먹어, 요사한 말을 주작하여 사람을 속여 전곡을 도적하고 패가망신까지 시키노?"

"의신이 무녀 된 이후로 남북촌에 단골 댁이 허구 많으셔도 불행히 다동 함진해 댁에서 그 댁 운수로 패가를 하셨지, 그 외에는 한 댁도 형세가 늘면 늘었지 줄으신 댁은 없사온대, 이처럼 분부를 하시니 하정에 억울하오이다."

함 판사가 함진해 댁이라는 말을 들으니,

'옳다, 이년이 우리 집을 결딴내던 년이로구나. 불문곡직하고

당장 그대로 엎어 놓고 난장으로 죽이고 싶지마는, 법률 배운 사람이 미개한 시대에 행하던 남형을 행할 수 없고 중률이나 쓰자면 그년의 전후 죄상을 명백히 공초케 하여야 옳을 것이다.'
하고 한 손으로 눙치며,

"네 말 같으면 남북촌 여러 단골집이 모두 네 공효로 형세를 부지한 모양 같고나. 그러면 네 단골 되기는 일반인데, 함진해 댁에서는 어찌하여 독이 패가를 하셨어?"

"네, 아뢰기 죄만하오나 그 댁은 그러하실밖에 수가 없으시지요. 그 댁 마님께서 귀신이라면 사족을 못 쓰시는데 좌우에서 거행하는 하인이라고는 깡그리 불한당년이올시다. 의신은 구복이 원수라, 그 댁 하인이 시키는 대로 할 따름이지, 한 가지 의신의 계교로 속인 일은 없습니다."

"네 몸에 형벌을 아니 당하려거든, 그년들이 네게 와 시키던 말도 낱낱이 고하려니와, 너의 간교로 그 댁을 속이던 일을 내가 이미 알고 있으니 잔말 말고 고하렷다."

"그 댁 하인의 다른 것들은 다만 심부름만 하였지요마는 그 댁에서 안잠 자는 노파가 그 댁 일을 무이어 자주장하다시피 하는데, 하루는 의신의 집에 와서 그 댁 아기가 죽었는데 진배송을 내어 달라 하며, 그 댁의 세세한 일을 모두 가르쳐 의신더러 알아맞히는 모양을 하여 별비가 얼마가 나든지 반분하자 하옵기에 말씀이야 바로 하옵지, 무녀가 되어서 그런 자리를 내어놓고 무엇을 먹고 사옵니까? 그러하오나 마침 의신이 신병이 있사와 부득이하여 저의 동무를 천거하였삽더니 그럴 줄이야 누가 알았습니까? 그년이 천하에 간특하고 의리부동한 년이라, 의신의 그 댁 단골까지 빼앗아 제가 차지하고 흥와조산을 못 할 짓이 없이 하였습니다. 당초에 그 댁 영감께서 베전 병문에서 회오리바람을 만나시는 것을 마침 지나다 제 눈으로 보고 앙큼한 마음으로 아무 때든지 그 댁 일을 한 번만 맡아 보면 귀신이 집어 댄 듯이 말을 하여 깜짝 반하게 하리라 한 것은 아무도 몰랐더니, 그년이 그 방법을 행할 뿐 아니라 안잠 할미를 부동하여 세소한 일까지 미리 알고 가장 영한 체하여, 그 댁 재물을 빼앗아 먹다 못하여 나중에는 임가라 하는 놈과 흉계를 내어, 그 놈을 지관 행세를 시켜 비기를 써다 미리 고양 땅에 묻고, 그 영감을 감쪽같이 속여 넘겨 누만금을 도적하여 먹으면서도 의신에게는 이렇다 말 한마디 없었사오니, 하늘이 내려다보시지 의신은 그 댁 일에 일호도 죄가 없습니다."

"그러면 너는 어디 살고, 그년은 어디 있으며, 명칭은 무엇이라 하고 그년의 비밀한 계교를 어찌 알았뇨?"

"의신은 묘동 사압기로 묘동집이라고 남들이 부르옵고, 국수당 무당은 성이 김가라고 그렇게 별호를 지었는지, 금방울이 금방울이 하고 모르는 사람이 없사오며, 그 비밀한 일은 그 댁에 가까이 다니는 하인들이 그년의 소위가 괘씸하여 의신을 곧 보면 이야기를 하옵기로 들었습니다."

함 판사가 듣기를 다하고 사령을 명하여 금방울과 임 지관을 성화같이 잡아들이라 분부하니, 묘동이 다시 고하되,

"동류의 일을 아무쪼록 덮어 가는 것이 서로 친하던 본의오나, 그년이 의신의 생애를 앗아 가지고 그 댁을 못살게 하온 일이 너무 분하고 가엾어 이 말씀이지, 그년이 바람 높은 기색을 미리 알아채고 동대문 안 양사골 제 아지미 집 건넌방 속에 임가와 같이 된장독에 풋고추 박이듯 꼭 들이박혀 있습니다. 그년을 잡으시랴 하면 제 집에는 보내 보실 것도 없이 이 길로 양사골로 사령을 보내셔야 잡으십니다. 그년의 벗바리가 어찌 좋은지 사면에 버레줄같이 늘어서 있어, 몇 시간만 지체가 되면 이 소문을 다 듣고 달아날 터이올시다."

판사가 사령에게 엄밀히 분부하여 양사동으로 보내더니, 거무하에 연놈을 항쇄족쇄하여 잡아들였는데, 신문을 한 번도 하기 전에 예서제서 청촉이 빗발같이 쏟아져 들어오는지라, 판사가 한편 귀로 듣는 족족 한편 귀로 흘리며 속마음으로,

'아따, 이년의 세력이 어지간치 않다. 이왕으로 말하면, 북묘 진령군만 하고, 근일로 말하면 삼청동 수련만은 착실한걸. 네

아무리 청질을 해도 내가 이왕 법관 모양으로 협잡하는 터가 아니니, 무엇이 고기되어 법을 굽혀 가며 호락호락히 청 들을 내냐! 이년, 정신없는 년, 내가 누구인 줄 알고 이따위 버르장이를 하느냐? 매 한 개라도 더 맞아 보아라!'
하고 서리같이 호령을 하여 족불리지로 잡아들여, 형구를 갖추어 놓고 천둥같이 으르며 일장 신문을 하는데, 금방울같이 안차고 다라지고 겁 없는 인물도 불이 어찌되든지 말끝마다,

"죽을 혼이 들어서 그리했으니 상덕을 입어 살아지이다!"

소리를 연해 하여 가며 전후 정절을 개개승복하니, 임가 역시 발명무지라, 다만 고개를 푹 숙이고 살기만 발원하더라. 판사가 일변 고양군에 발훈하여 최옥여를 마저 압상하여 일장 문초한 후 세 죄인을 모두 한기신 징역으로 선고하고, 자기 집에 돌아와 생양정 부모께 그 사실을 고하고서, 당장 노파와 삼랑들을 불러 세우더니,

"너희들의 죄상은 열 번 죽어도 남을 터이나 십분 용서하는 것이니, 댁 문하에 다시 발그림자도 하지 말고 이 길로 나아가되, 다른 집에 가서라도 그런 행실을 하여 내게 입렴이 되고 보면 그때 가서는 죽어도 한가 말렷다."

이 모양으로 호령을 하여 두 년을 축출하니, 최 씨 부인이 그 아들이 보기도 얼굴이 뜨뜻하여, 사지 어금니같이 아끼던 수하

친병이 이 지경이 되어도 말 한마디 두호하여 주지 못하고, 오직 아들의 뜻대로만 백사 만사를 좇는데, 벽장 다락 구석에 위해 앉혔던 제석, 삼신, 호구, 군웅, 말명, 여귀 등 각색 명목과 터주, 성주 등물을 모두 쓸어 내다 마당 가운데에 쌓아 놓고 성냥 한 가지를 드윽 그어 불을 질러 태워 버리고, 다시 구기라고는 손톱 반머리만치도 아니 보는데, 그 뒤로는 그같이 번할 날이 없이 우환이 잦던 집안 식구가 돌림감기 한 번을 아니 앓고, 아이들이 나면 젖주럽도 없이 숙성하게 잘 자라니.

이해조 대표 작품 해설

자유종 / 구마검

■ 작가에 대하여

이해조 [李海朝, 1869~1927]

호는 동농. 경기도 포천 출생. 어릴 때는 한문 공부를 하여 진사 시험에 합격하였다. 1906년 11월부터 잡지 《소년한반도》에 소설 《잠상태》를 연재하며 소설가로 활동했다. 1907년과 1908년에는 사회단체에 가담하여, 신학문을 소개하고 민중 계몽 운동에 나섰다.

이해조는 이인직과 더불어 신소설을 대중화하는 데 큰 공헌을 했다. 그의 소설은 인물들의 성격이 사실적으로 묘사되고 구어체 문장으로 이루어진 특징이 있다.

이해조는 〈자유종〉을 비롯하여 〈빈상설〉, 〈춘외춘〉, 〈구의산〉, 〈구마검〉 등의 작품을 발표하였고, 《철세계》, 《화성돈전》 등을 번안하여 소개하였다. 《춘향전》, 《심청전》, 《흥부전》, 《별주부전》 등의 판소리계 소설을 각각 《옥중화》, 《강상련》, 《연의각》, 《토의 간》으로 개작했다.

자유종

◆ **작품 개관**

1910년에 이해조가 쓴 대표 신소설이다. 등장인물이 모두 여성이며, 처음과 끝부분을 제외하고는 모두 대화로 이루어져 있다. 등장인물들의 이야기를 통해 당시 사회 문제로 대두되던 여성 인권, 자주독립 사상 고취 등의 문제를 다루었다. 토론 소설 형태를 취한다.

◆ **줄거리**

이매경의 생일잔치에 사람들이 모였다. 신설헌은 그 자리에서 조국의 앞날과 여성의 권리에 대해 토론해 보자고 말한다. 이매경 또한 자신의 생일에 다른 이들을 초대한 이유는, 여자끼리 모여 허심탄회하게 의견을 교환하고 생각을 넓히고자 하는 의도였다고 말한다.

신설헌은 먼저 여성들이 제대로 교육받지 못하는 현실을 꼬집는다. 남자들은 교육을 받더라도《사략통감》등을 교재로 삼아, 중국의 정신을 먼저 배우니 이 또한 바람직하지 않다고 말한다.

강금운은 일본이 자국의 역사, 인물, 언어를 배운 후에야 다른 나라의 본받을 점을 배우는데 우리나라는 그렇지 않다고 비판하며, 자국 교과를 배우는 데 힘써야 한다고 주장한다.

홍국란은 지금 당장 한문 대신 국문만 쓰고 자국 교과만 배우면 내용이 너무 빈약하고 나라가 발전하기 어렵다고 반박한다.

이에 신설헌은 여자들은 자식을 낳아 기르는 어머니가 되기에, 태교에서부터 시작해 자식 교육에 힘쓰면 미래의 여자와 남자들을 훌륭하게 길러 낼 수 있다고 말한다.

홍국란은 처첩 제도로 인해 생겨난 전처 자식과 서자 사이의 갈등과 사회적 차별을 거론하며, 이들을 공평하게 교육시키고 인재를 등용해야 한다고 덧붙인다.

이매경은 양반뿐만 아니라 종의 자식이라 할지라도 우리나라의 청년이라면 모두 교육시켜 미래의 발전에 이바지하도록 해야 한다고 주장한다.

강금운은 오늘 이야기한 것을 헛되이 날리지 말고 앞으로 계속 되새기고 실천하여 꿈을 이루어 나가자고 말한다. 신설헌이 그 말을 듣고 대한 제국이 독립하는 꿈을 꾸었다고 말하고, 이매경은 깔깔깔 웃으며 대한 제국이 개명하는 꿈을 꾸었다고 말한다.

강금운은 우리 국민이 오뚝이 정신을 길러서 끝내는 독립하는 꿈을 꾸었다고 하고, 홍국란은 대한 제국이 천년만년 안녕하는 꿈을 꾸었다고 말한다.

이야기를 듣던 다른 한 부인이 자신은 지식이 별로 없어 토론에 적극적으로 참여하지 못했지만, 토론자들과 꿈을 같이하겠다는 말을 하면서 작품은 끝맺는다.

◆ **주요 등장인물**

신설헌 토론회를 제안하고 주도한다. 여성이 억압받는 현실에 대해 개선 방안을 생각해 보자고 말한다.

이매경 자신의 생일잔치에 사람들을 초대한다. 조선이 개화해야 할 필요성을 인식하고 있다.

강금운 당시 조선의 현실에 대해 인식하고 있으며 토론에 적극적으로 참여한다.

홍국란 조선이 발전하기를 바라며 여성들이 해야 할 일을 모색하고자 한다.

◆ **작가와 작품**

조선의 발전 도모

이매경의 생일잔치에 여성들이 초대된다. 그들은 잔칫날에 모여서 단순히 먹고 마시고 놀지 않는다. 이매경의 생일을 축하하는 것과 더불어 조국의 현실과 앞날에 대해 진지하게 토론한다.

그들이 조국의 현실에 대해 안타까워하는 것은 분명하다. 그러나 조선이 어떻게 하면 발전할 것인지에 대해서는 각각의 인물들이 내리는 평가가 다르다. 토론에 참여하는 사람들은 저마다의 의견을 제시하지만, 작가는 이들 인물들을 통해서 자신의 시각을 보여 준다. 여성이 교육을 받는 문제, 국문과 한문을 사용하는 문제, 적서 차별의 부당성, 양반과 천민을 구분하여 교육이 균등하게 이루어지지 않는 현실 등에 대해 인물들이 하나씩 의견을 개진한다.

인물들이 제시하는 문제들은 당시 조선이 가지고 있는 사회적 문제였으며, 작가가 작품을 통해서 말하고자 하는 사항들이었다. 저마다의 시각으로, 저마다의 입장에서 토론에 참여하는 듯 보이지만, 모든 것이 작가의 생각이고 작품에 표현된 주제 의식이다.

우리는 등장인물들의 말과 생각을 통해 작가의 생각을 엿볼 수 있고, 작품의 주제에 대해서도 근접해 갈 수 있다.

◆ **작품의 구조**

토론 형식으로 된 이야기

이 작품은 토론 형식으로 되어 있다. 이매경의 생일날에 사람들이 모인다. 그 자리에서 신설헌이 당시 조선의 현실에 대해 말하며, 여성들끼리 의견을 개진해 보자고 제안한다. 이매경도 그 말을 듣고 잔치에 초대한 이유는 여러분의 얼굴을 보기 위해서이기도 하지만, 이야기를 나누고 싶은 마음이었다고 말한다. 이렇게 본격적인 토론이 시작되는데, 여기까지가 작품의 서두이다.

그 후에는 작중 인물이 돌아가며 자신의 생각을 이야기한다. 소설에 나오는 배경 묘사나 서술자의 개입 등은 전혀 드러나지 않는다. 때로는 "깔깔 웃으며"와 같이 인물의 행동이 괄호로 표현되기도 한다. 이는 소설에서 흔히 찾아볼 수 있는 형식은 아니다. 외려 영화 시나리오나 연극의 대본에서 자주 쓰이는 방법이다.

작가는 토론 상황을 직접적으로 보여 주는 형식을 취함으로써, 우리에게 작품의 내용을 보다 설득적으로 제시한다. 인물들의 토론을 통해 우리는 당시의 현실과 작가의 생각, 그리고 작품의 주제에 대해 다각적으로 접근할 수 있는 기회를 얻는다. 또한 다양한 시각을 균등하게 살펴봄으로써 보다 폭넓은 깊이를 얻을 수 있다.

◆ **작품의 감상과 수용**

여성 인물들의 시각

이 소설의 등장인물은 모두 여성이다. 여성들이 모여 여성들의 시각으로 본 현실을 이야기하고 해결책을 제시한다. 〈자유종〉이 나오던 시대의 다른 소설들은 대부분 주인공이 남성이었다. 특히 계몽 의식을 고취시키는 내용은 더더욱 그러했다. 어려운 환경에서 태어난 남자 주인공은 머리가 영민하다. 그는 좋은 교육을 받고 명망 있는 집안의 규수와 결혼하며, 뛰어난 인물이 된다. 그런 남자 주인공이 다른 이들을 감화시키고 계몽하여 모두들 새로운 생각으로 앞날을 도모한다. 이 시기 대부분의 계몽 소설은 내용이 이렇게 되어 있다.

〈자유종〉은 이들 소설과 확연히 구분된다. 일단 등장인물이 모두 여성이다. 그들은 각자의 입장에서 현실을 바라본다. 그들의 시각에서 바라본 현실은 토론회에서 동등하게 표현된다. 한 사람이 가르치고 다른 이는 그것을 수용하는 것이 아니라, 균등하게 발언권을 얻고 자신의 생각을 솔직하게 드러낸다. 따라서 그들의 생각은 독자들에게 고루 펼쳐 보이게 되며, 독자들은 이들의 의견을 자유롭게 듣고 경청할 수 있다. 또한 사회의 주도권을 가진 남성들의 시각이 아니라 여성들의 시각에서 들려 주는 이야기이기 때문에 보다 다양한 측면에서 당시 사회를 바라

볼 수 있다.

◆ **작품에 반영된 현실**

일제 강점기의 우리나라

이 작품은 등장인물들이 돌아가면서 자신의 생각을 제시한다. 그들이 생각하는 조선 사회와 현실의 문제점, 그리고 해결 방안이 각 인물의 입장에서 표현된다. 따라서 인물들이 하는 생각과 말 속에서 당시 사회의 현실을 살필 수 있다.

토론이 시작되면서 신설헌이 먼저 자신의 생각을 발표한다. 그녀는 당시 여성들이 제대로 교육받지 못하고 사회에서 무시당하는 현실에 대해 말한다. 교육을 받지 못했기 때문에 사회에서 할 수 있는 것이 별로 없고 생각도 편협해지므로 당연히 사회에서 무시받고 힘없는 존재로 전락한다고 말한다.

이어 다른 사람들도 교육의 문제를 중요하다고 말하며, 여성뿐만 아니라 서자, 천민 등도 교육받지 못하는 현실에 대해 일침을 놓는다. 그들은 조선의 청년이라면 아무런 차별 없이 교육을 받아야 나라가 발전할 수 있다고 입을 모은다. 그리고 자식을 훌륭하게 교육시키면 각자의 자리에서 나라의 보탬이 될 수 있다고 말한다.

이들의 발언을 통해 우리는 당시 사회에서 여자들이 교육받기가 어려운 상황이었음을 알 수 있다. 또한 양반이 아니면 교육받은 후에 자신의 뜻을 펼치기가 쉽지 않았다는 것을 유추할 수 있다. 이런 상황 속에서 공평하게 교육받고, 균등하게 기회가 주어지는 사회를 만들려는 노력이 조금씩 시작되고 있었다는 것도 엿볼 수 있다.

구마검

◆ **작품 개관**

〈구마검〉은 당시 사회에 만연했던 미신을 믿는 분위기에 경종을 울리는 작품이다. 이 작품에는 민주 의식을 깨우치려는 의도도 있다.

◆ **줄거리**

최 씨의 친정은 노돌(지금의 노량진)이다. 그 동네에서 제일 숭상하는 것은 만신, 곧 무당이다. 노돌에는 무당이나 점쟁이의 말을 곧이곧대로 믿고 그대로 행하는 사람이 많았다. 그것은 최 씨 부인도 마찬가지이다.

  최 씨 부인은 함진해에게 시집와서 아들 만득을 낳았다. 부인은 아들이 감기에 걸리거나, 설사가 나거나, 탈이 나면 온갖 귀신에게 빌었다. 그것을 보다 못한 함진해는 최 씨를 훈계했다. 함진해는 처음에는 최 씨와 같이 미신을 믿거나 귀신에게 비는 것은 비합리적이라고 생각한다.

최 씨는 함진해의 충고에도 불구하고 미신 믿는 것을 그만두지 않는다. 최 씨는 주위에서 천연두를 예방하기 위한 주사를 만득에게 맞히라는 말을 듣는다. 하지만 최 씨는 아들이 천연두에 걸리면 갖은 만신이 고쳐 줄 것이라고 믿으며 이를 무시한다. 그러던 어느 날, 만득은 천연두에 걸린다. 최 씨는 약을 쓸 생각은 하지도 않고 밤낮없이 정화수만 떠 놓고 빌다가 아들을 잃는다. 아들이 죽었는데도 최 씨는 자신의 잘못을 뉘우치지 않고 굿을 했어야 했다고 후회한다.

최 씨는 마마에 죽은 아이를 진배송을 해 주어야 다음에 낳는 자식이 길하다며 무당을 찾아간다. 무당은 최 씨 부인에 대한 소문을 듣고 그 집 재산을 차지할 생각을 한다. 최 씨의 집에서 굿하는 것을 보고, 미신을 믿지 않던 함진해마저 무당에 속아 미신을 믿게 된다.

미신에 빠진 함진해는 자신의 영달과 자손의 복록에 좋다는 명당으로 선산을 옮기려 한다. 이에 그의 사촌동생은 함진해에게 충고하는 편지를 보낸다. 함진해는 그 편지를 찢어 버리고 충고를 귀담아 듣지 않는다.

미신과 무당에 빠져 있다 보니, 함진해의 가세는 기울어 가고, 최 씨는 중풍에 걸려 병을 앓는다.

이 때 종문에서 회의가 열리고, 가산을 미신으로 탕진한 함진해와 최 씨는 친척들의 결정에 어쩔 수 없이 따르게 된다. 함진해의 사촌동생과 양자 종표의 노력으로 최 씨는 점점 건강을 되찾고, 함진해와 최 씨는 자신들의 잘못을 깨닫는다. 종표는 고등 교육을 받아 평리원 판사가 된다. 종표는 함진해와 최 씨를 현혹시킨 무당과 여타의 사람을 처벌하고, 최 씨는 자신의 집에서 미신을 믿던 흔적들을 모두 불태운다. 그 뒤로는 함진해와 최 씨 집안 모두가 평안하였다.

◆ **주요 등장인물**

최 씨 친정에서부터 미신을 많이 믿었다. 무슨 일이든 무당과 점쟁이의 말을 믿고 그대로 행한다.

함진해 최 씨의 남편. 무능하지만, 미신과 같은 요사스러운 것을 멀리하다가 아들이 죽었을 때 하는 굿을 보고 미신을 믿게 된다. 이후 미신을 맹신하다가 가산을 탕진한다.

◆ **작가와 작품**

미신 타파와 개화사상

최 씨의 친정은 미신을 믿고 무당의 말을 그대로 따르는 동네이다. 최 씨도 이와 다르지 않았다. 함진해에게 시집와서도 친정에서의 습관을 버리지 못한다. 귀한 자식이 병을 앓아도 약을 쓰지 않고 정화수를 떠 놓고 비는 것을 최선이라 여긴다. 그렇게 자식을 떠나보내고도 자신의 잘못을 뉘우칠 줄 모르고 미신에 더욱 깊이 빠져든다. 최 씨의 이런 행동은 남편 함진해마저 잘못된 길로 들어서게 만든다.

최 씨의 모습은 단순히 비난하고 말 일이 아니라, 제대로 교육받지 못해서 벌어지는 일로 파악해야 한다. 작가는 작품을 통해서 최 씨를 비난하는 것이 아니라 경각심을 일깨운다. 작가의 의도는 시사촌의 등장과 양자 종표의 노력으로, 최 씨와 함진해가 지난날을 청산하며 작품이 끝나는 것에서 구체화된다. 시사촌은 합리적인 사람이고 종표는 고등 교육을 받을 정도로 똑똑하고 개화된 인물이다. 그들의 감화로 함진해와 최 씨가 달라진다. 작가도 함진해가 처음부터 악한 인물은 아니라고 설명하며 그들의 변화에 정당성을 부여한다.

결국 이 소설에서 작가는 교육을 받고 개화하여 비합리적 생활 태도를 몰아내야 한다고 말한다.

◆ **작품의 구조**

무속적 사고와 합리적 사고의 대립

이 작품에는 무속적 사고에 길들여져 무당의 말을 믿고 미신을 추종하는 사람들이 등장한다. 최 씨 부인이 대표적이고 안잠 노파, 정장님, 대묘골 만신, 금방울, 임 지관, 강 서방 등이 그들이다. 이들은 대부분 교육을 제대로 받지 못했으며 개화하지 못했다. 또한 미신에 미혹되는 사람을 속여서 자신의 이익을 보려는 악인도 있다. 최 씨는 이 중에서 작품을 주도적으로 이끌어가는 인물이며 자신의 비합리적인 생각으로 인해, 아들을 병으로 잃고 집안을 기울게 한다.

이와는 반대편에서 합리적 사고와 개화된 의식을 보여 주는 인물이 있다. 함진해의 친척인 함일청과 그의 아들 종표이다. 그들은 잘못된 길로 접어드는 함진해와 최 씨를 어떻게든 바로잡으려 노력한다. 자신들만 잘 사는 것이 아니라 어리석은 사람들을 포기하지 않고 끝까지 설득하고 계몽시킨다. 이들의 노력으로 함진해와 최 씨는 점차 합리적인 생각을 갖게 되고, 함진해 부부의 생각을 어지럽힌 사람들은 처벌을 받는다. 즉 함일청과 종표로 인해 합리적 사고의 싹이 움튼다.

이렇게 〈구마검〉은 대립적인 위치에 있는 인물들이 등장하며, 합리적 사고를 하는 인물들로 인해 그렇지 않은 사람들이 개화된 의식을 갖게 된다는 이야기로 끝을 맺는다.

◆ **작품의 감상과 수용**

당대 풍속에 대한 세세한 묘사

〈구마검〉에는 당시 풍속에 대한 묘사가 잘 나타나 있다. 작품 속에는 최 씨가 각종 만신을 믿고 정화수를 떠 놓고 치성을 드리는 부분, 무당이 굿을 하는 장면 등이 나온다. 작가는 이들 모습을 비판적인 시각에서 그리지만, 우리는 각각의 설명과 묘사를 통해 당시의 풍속을 체험할 수 있다.

오늘날에는 이런 모습들을 드라마나 영화, 혹은 사진 자료 등을 통해서만 접할 수 있다. 예전에는 동네 어느 곳에서나 행해져 왔던 것들이지만 비합리적인 것이라 하여 우리 주변에서 사라진지 오래되었다. 비록 그런 것들이 믿고 따르기에는 부적절하더라도 우리 민족의 생활을 차지하는 한 부분이었음은 분명하다. 〈구마검〉을 통해 당대 풍속을 알게 되는 것은 이 작품을 감상하는 또 하나의 의의이다.

◆ **작품에 반영된 현실**

천연두의 유행, 발달하기 시작한 의학

최 씨는 함진해에게 시집가서 첫 아들을 얻는다. 아들의 이름은 만득이로, 최 씨는 그 아들을 애지중지하게 키운다.

당시 천연두를 예방하려면 우두 접종을 해야 했는데, 주위 사람들은 이를 최 씨에게도 권한다. 그러나 최 씨는 예방 접종을 하라는 주위의 말을 무시한다. 아들이 천연두에 걸리면 만신이 아들의 병을 낫게 해 줄 거라고 철썩같이 믿었던 것이다. 불행하게도 만득은 천연두에 걸리는데, 이때에도 최 씨는 약을 쓸 생각은 하지 않고 무속 신앙에만 매달린다. 만약에 약을 쓰고 의학의 힘을 빌렸더라면 만득은 나을 수 있었을 것이다.

최 씨가 첫 아들을 낳아 기르면서 겪는 에피소드를 읽으며 우리는 당시 사회의 면면을 들여다볼 수 있다. 하나는 천연두가 아이의 목숨을 앗아가는 무서운 병이었으며, 그것을 예방하는 약이 당시 막 보급되기 시작했다는 사실이다. 또한 사람들은 의학의 힘에 대해 무지한 상태였으며, 의학보다는 무속 신앙을 믿는 행태가 더 많았다는 것이다.